2022 年北欧理事会文学奖

《纽约客》2024 年最佳图书

《华盛顿邮报》2024 年度图书

2024 年美国国家图书奖翻译文学奖长名单

2025 年布克国际文学奖短名单

11·18
循环者

[丹] 索尔薇·巴勒 著
苏诗越 译

接力出版社
Publishing House

桂图登字：20-2023-150

图书在版编目（CIP）数据

循环者 / （丹）索尔薇·巴勒著 ； 苏诗越译 .
南宁 ： 接力出版社， 2025. 3. -- （11·18）. -- ISBN 978-7-5448-8857-8

Ⅰ. I534.45

中国国家版本馆 CIP 数据核字第 2025XU5904 号

循环者
XUNHUANZHE

责任编辑：陈楠　文字编辑：谢林军　装帧设计：崔欣晔
营销主理：贾毅奎　蔡欣芸　责任校对：李姝依
责任监印：刘宝琪　版权联络：王彦超
出版人：白冰　雷鸣
出版发行：接力出版社　社址：广西南宁市园湖南路9号　邮编：530022
电话：010-65546561（发行部）　传真：010-65545210（发行部）
网址：http://www.jielibj.com　电子邮箱：jieli@jielibook.com
经销：新华书店　印制：河北鹏润印刷有限公司
开本：880毫米×1250毫米　1/32　印张：6.75　字数：112千字
版次：2025年3月第1版　印次：2025年3月第1次印刷
定价：49.80元

目录

第1892次

我们很难知道一件事，或者一个人的人生，从什么时候开始，又在什么时候结束。我好像看到了这样的场景——门外有几道人影，彼此之间保持着距离。有五个人站在一扇打开的栅栏门前，他们按响了门铃，正在静静等待，虽然站得有点儿分散，但仍然算是一群人。

当我们走出房子时，他们一定也看到了我们所看到的场景——同样的一群人。四个人气喘吁吁地朝栅栏门走去。现在，我们九个人挤在一幢房子里。九个人在栅栏门前相遇，并且这些人还记得我们在栅栏门前相遇这件事。我们向他们走去，或者几乎是跑着去的，而他们站在那里，犹豫不决，如果可以用犹豫不决来形容已经按了门铃的人的话。首先是穿着灰色羊毛大衣，系着中号纽扣的安东·亚纳斯。然后是喜欢别人叫她“罗西”的罗莎莉·托帕，而且重音要放在“西”字上。还有索尼娅·米尔贝克，她当时按了一下门铃，又向后退了一点儿，回到了彼得·哈斯–泰利奥身边，他站在离栅栏门几步远的地方。栅栏门打开时，他把手搭在了索尼娅的肩膀上。

拉尔夫听到门铃一直响，就按下了对讲按钮，他们听到了拉尔夫询问的声音，也按下了按钮回答。当铃声响起时，我们正在走廊里堆放纸箱和食物。当时站得离门最近的拉尔夫被吓了一跳，但他随即开了门，走到楼梯上，朝大门望去。起初，他只能看到几道人影和一辆汽车的一角。他看不清有多少人，但可以看出他们就在那里。于是他按下了开门按钮，我们就匆匆走上了车道。打头的是拉尔夫，然后是亨利，最后是奥尔加和我。没过多久，我们就意识到新来的人在找一个叫拉尔夫的人，而且他们被困在了11月18日。我们邀请他们进屋，很快大家就都聚到了屋子里。他们把车开进栅栏门。开车的是彼得，拉尔夫带他到旧车库前的空地上。我不太记得玛丽斯·毛雷尔在队伍中的位置了，她一定是跟在其他人后面，因为直到我们到了房子跟前，我才真正注意到她。那时，栅栏门早已在他们身后关上，汽车停在车库前，大家正从门口大厅堆放的纸箱旁走过，很快我们就开始聊起了燕麦粥，因为正好纸箱里有燕麦片，还有牛至[1]咸香饼干。

---

① 亦称“小叶薄荷”。唇形科。多年生草本，有芳香。分布于中国华北、西北及长江以南各地；亚洲其他地区、欧洲、非洲北部亦产。——本书脚注若无特别说明，均为编者注

玛丽斯是最后一个进屋的，因为她还弯下腰系了鞋带。随后她也走进了玄关，在那里停了一会儿，抬头看了看通往二楼的楼梯，又瞥了一眼客厅。她在垫子上蹭了蹭鞋底，然后进了屋，但在几分钟后，她坚持要脱鞋。因为这时她看到了最大的起居室的地板，看到了地板的不同花纹和不同材质。过了一会儿，当我们穿着长筒袜站在起居室的地板中间时，她说，这是那一时期房屋的典型特征。我也脱了鞋，可能是出于对地板的礼貌，但在其他人蜂拥而至要求参观之前，她没有时间再说更多关于那一时期的事情了。我想，即使他们只是从外面看这幢房子，也会对房子的大小感到惊讶，也许我们也会对房子里突然出现的骚动感到惊讶——人头攒动，脚在地毯上擦来擦去，外套和围巾挂在走廊的挂钩上，空气中充斥着各种声音和各式句子，有人问起房子的情况，问我们有多少人，在这里住了多久。有一个人想知道卫生间在哪里，另一个人刚刚差点儿被一双鞋或一个纸箱绊倒，第三个人把几个箱子挪到一边，说着关于房子的事情。刹那间就不知道那是谁的鞋，也不知道耳边嗡嗡作响是谁在说话。

我们带他们参观了房间。我们知道，他们就要搬进来了。除了他们会住在这里之外，很难想象还有其他可能性。这里有足够的空间，现在他们已经进城了，而且昨晚我们一直聊到深夜，没有时间收拾他们的东西。我们太累了，或者喝了太多酒，没办法开车去任何地方。

等新来的这些人参观完一楼和楼上的房间后，奥尔加沏了茶，又从箱子里找出饼干，我们就在壁炉前坐下。当我们坐在旧沙发和扶手椅上时，她说，以后他们总有机会再去参观地下室的。我们之间的距离比平时更近，因为我们习惯在家具上充分伸展身体，跷起二郎腿，同时围着毯子，因为不点燃壁炉会有点儿冷。

拉尔夫在壁炉里生了火，然后我们坐在客厅离壁炉最近的那边。我们之间的空气中充斥着各种名字和解释。索尼娅、彼得和拉尔夫坐在其中一张沙发上，奥尔加坐在壁炉前的垫子上，她不时地往壁炉里扔一两根木头。有时新木头烧得太慢，她就向前倾身，对着火苗吹几口气。

我原本一直坐在奥尔加旁边的地板上，后来挪到亨利旁边的一张沙发上，因为壁炉前实在是太热了。其他人则坐在扶手椅上，或者说他们大部分时间都坐在扶手椅上，因为罗西和玛丽斯经常走来走去，站在门口这样凉快一点儿的地方，或者在某个住户离开房间时跟在后面——如果他们准备再去拿些饼干，以及要去泡茶或从酒窖拿酒的话。但这些都只是短暂的小插曲，没过多久大家又回到了客厅，在这里，我们共同经历的历史片段越来越多。房间里充满了动感——时间在我们的故事中飞速流逝，那是11月18日的溪流，我们匆匆走过每一天。很快就到了晚上。我们九个人坐在客厅里，有声有色地讲述着所有发生的事情，所有的开始，还有我们的相遇。

起初我们分成了两组——我们和我们的客人，或者说是新来的人和房子里的原住户。但不知从什么时候开始，新来的人不再是我们的客人，而是变成了房子里的新住户，也许过了几个小时就发生了这样的变化。无论如何，当大半夜我们把床垫、毯子和羽绒被搬出来时，就不再觉得他们是客人了；或者说，我觉得我们是在提醒自己，我们自己也是客人，我们给他们提供的是房子里的床垫和沙发，让他们在上面过夜，而那些并不是真正属于我们的东西。也许就是这样——我们只是客人，而当有新的客人来访时，我们就会更加明白一切都是借来的，我们一直坐在借来的沙发和扶手椅上——即便手脚是我们的，身体也是我们的，所有的词语、句子和所有的动作也是我们的，但都不能真正称之为是自己的，这一点很清楚，因为我们无法避免借用彼此的动作或句子。

把沙发和扶手椅上的这些身体区分开来很容易，依靠这些身体的面孔和这些面孔的声音就能区分开来。先听一个人讲话，再听另一个人讲话。每次寻找其中一个声音时，它都属于一张面孔和一个身体——可能是有一只手放在脖子后面，或者是以某种姿势靠在沙发扶手上。但随后我们就会意识到，自己也有一只手放在脖子后面，或者也以同样的姿势靠在沙发扶手上，然后别人在讲述，别人也借用了你的一个动作。沙发上有一条腿弯曲抬起，因为要解释什么东西所以双手在空中挥舞，过了一会儿，又有人在扶手椅上甩动双手，另一条腿抬了起来。房间里很温暖，有人把一句话又说了一遍，尽管很快就能熟悉这些声音，并将它们与面孔和身体联系起来，但动作却在房间里飘来飘去，句子通过镜像和重复传递，动作也通过镜像和重复传递，有时只是谁的眉毛抽动了一下或谁摆出倾听的姿势，这个动作就会悄无声息地从一张面孔传递到另一张面孔。一个人起身拿起了杯子，另一个人立刻也站起来拿起了杯子。我们就这样坐着度过了整个晚上，就像一幅马赛克图画，交织在一起，有那么多的动作，所有的手、胳膊和腿都在借用、模仿、镜像和交换。有人打了个哈欠，然后是第二个人打了哈欠，然后是第三个人，因为每个人都累了，但这并不重要。房间里有人讲了一个故事，然后出现了另一个与之相似的故事，因为大家那些时间断裂的经历往往有许多相同之处。一个人的故事引出了另一个人的故事。突然间，人们会从完全不同的角度看待发生过的事情或去过的地方。我们总是会与别人无意中做出相同的动作，比如罗西双手捧着茶杯，望着远方，突然间，奥尔加也摆出了同样的姿势，这就是第一个晚上的情形，我们互相影响。一个人跳起了舞，其他人也跟着跳起了舞——奇怪的芭蕾舞和尴尬的哑剧。

天色已晚。人们的注意力仿佛正在悄悄溜走。大多数人都累了，或者喝了太多酒。先是罗西睡着了，接着奥尔加有了一股想要在黑暗中散步的冲动。我们其余的人又坐着聊了一会儿，不过动作都慢了下来。索尼娅向彼得靠了靠，亨利伸了个懒腰，似乎也想向谁靠靠。我们的谈话悄无声息地结束了，直到奥尔加晚间散步回来才重新开始。

奥尔加现在很清醒，我们听到她在厨房里发出隆隆声，她正在为我们的客人收拾床铺。她翻出了存放在厨房后面一个房间里的几张旧床垫。我们听到她拖着第一张床垫，然后床垫砰的一声落在隔壁的一个房间，于是我们都站了起来，离开壁炉房，过去救她。罗西的动作稍慢，因为她还得先睁眼醒来。很快大家就把床垫推到几个房间之外的地方，还找到了毯子和多余的羽绒被，最后奥尔加找到了她的旧睡袋，她表示睡袋里还有盐水和弗里西亚群岛的气味。

我说，他们在硬床垫上可能睡不踏实，我们可以日后再买一些床垫。但大家都累了，或者是我觉得大多数人都累了。几个小时后我就睡着了，今天早上我是第一个醒来的，或者我觉得我是第一个醒来的，因为当我蹑手蹑脚地走下楼梯时，周围静悄悄的。也许他们只是在装睡。总之，直到我煮好咖啡，从走廊的箱子里拿出燕麦片，在玻璃温室的桌子上摆好杯子和盘子，他们才开始从床垫和沙发上爬起来，然后我们就坐在那里。桌子周围有足够的空间，每个人都记得发生过什么——有五个人站在一扇打开的栅栏门边，还有四个人朝栅栏门走来，或者说几乎是跑着过来的。

早餐后，我回到自己的房间，本以为可以睡一会儿，但脑子里却一直在嗡嗡作响——不同的人、动作和五个新故事交织在一起，虽然我们没有意识到，但这些故事一直都在。

感觉就像我们在同一片森林里走着不同的路。我们迷路了，而且是各自迷路，但我们并不是一个人迷路，因为其他人也在小路上徘徊，而我们已经找到了通往空地的路，然后我们意识到，我们既共享这片森林，也共享这片空地。人们以为这一切始于相遇，其实我们的故事早已交织在一起。

其他人都进城了，我听到两辆车开出去的声音，我们的新住户进城去取他们的东西了。拉尔夫和亨利开车去了拉尔夫的公寓，他们要再拿一些盘子，还有拉尔夫突然想起放在阁楼上的一些锅。

我觉得奥尔加醒了，她没下来吃早餐。我刚刚听到走廊上有脚步声。也许是其他人回来了，但我不这么认为。现在我又听到了，而且是只有一个人。那是一个人光着脚走路的声音。

第*1895*次

当然，他们站在我们的栅栏门前时，我们以为他们已经认识很久了，但他们并没有。只有玛丽斯和罗西认识的时间比较长。她们二人在阿姆斯特丹[1]的一个公园里相遇，那时她们仅仅被困在11月18日200多天。今晚我们再次坐在客厅里分享彼此的日子时，玛丽斯说，那是在第236天。她们相遇时，我们其他人还在四处游荡，并且以为自己是孤独的。

她们是在很久之后才遇到的安东·亚纳斯。她们是在波兰见到他的，见到他之后，他们三个人一起到了柏林。在柏林，他们看到了我们张贴的其中一张海报，这就是他们来这里的原因。不过虽然他们看到了海报，但当时并没有意识到不对劲，而是过了一段时间才意识到。海报上用大号字体写着拉尔夫·克恩和11月18日，上面还写着不来梅和亨塞尔大街。他们注意到了海报上略带隐晦的措辞和大写字母，但除此之外，这就是一张海报而已。直到他们在车站售票处看到了几张关于同一个拉尔夫·克恩的海报，他们才开始感到惊讶。让他们感到惊讶的倒不是因为有人在找他，那只是一张纸，上面有一张照片及一段简短的文字和几个电话号码而已，而是因为海报张贴的时间每天都在变化，没有规律，就像日子在变一样。有一

① 荷兰首都（政府所在地为海牙），是荷兰的最大城市和第二大港。

天，安东在售票处附近的玻璃墙上看到了一张告示，几天后，他和罗西又看到了一张类似的告示，上面写着“11月18日”“失踪”“拉尔夫·克恩”，但这次是在稍远一点儿的柱子上。罗西说，她在完全不同的地方看到过同样的告示，他们谈到了那张一直贴在车站售票处的海报，旁边还有一些关于音乐会、展览和活动的告示。这肯定就是有人在找同一个拉尔夫·克恩。当罗西再次经过那张纸时，她把它拿了下来，折起来放进口袋里，直到它在口袋里消失为止，大概就是那天晚上，或者至少当她再次想起它时，它已经不见了。玛丽斯对拉尔夫说，一个人在11月18日失踪并不是什么有趣的事，好像是在为他们没有立即开始寻找他而道歉。

后来，当再次谈起那些奇怪的告示时，他们才决定做点什么，但现在售票处已经不再张贴任何寻人启事了，他们先是问了一家售票处，然后又问了另一家售票处，没有人知道这些告示的事。罗西说，那个人肯定已经被找到了，但她马上意识到这是不可能的。如果这个人在11月18日早上就不见了，那么下一次18日的时候他肯定又不见了，即使他是在白天被发现的。除非出了什么问题。

他们当然早就怀疑出了问题，也就是说，这个人和那些寻找他的人很可能和他们一样，都还停留在11月18日。现在他们终于开始调查了，但剩下的只有那张大海报。这张海报还被贴在墙上，是亨利在前往柏林的路上贴的。

当三个人开始考虑去不来梅寻找拉尔夫时，安东突然发现车站的另一头又有人贴出了一张海报，他确信一定是最近贴的。当然，海报一直就在那里，至少亨利确信他在柏林车站张贴过两张海报。安东应该是在最开始的时候漏看了其中一张，尽管他觉得这不太可能。

无论如何，关于海报的未解之谜让他们对这个叫拉尔夫·克恩的人产生了兴趣，但现在什么也没发生。两张海报，没有变化，没有解释。安东说，在接下来的几天里，他们经常在柏林中央火车站停留，却发现这次也没有任何变化。最后，他们来到了不来梅，除了亨塞尔大街和拉尔夫的名字之外，没有任何线索可循。

我们再次坐在客厅里，喝着葡萄酒，吃着牛至咸香饼干。气氛欢快，我们再次谈论起前往不来梅的旅程。在最初的几天里，我们听到的版本都非常简短，是某个事件的小片段，还有一些杂乱无章的信息，根本记不住，但这也只是同一主题的一系列变奏而已——我们从哪里来，发现一切都在重复时我们在哪里，我们是如何适应18日的生活，我们是何时相遇以及如何相遇的。所有这些故事的小片段总是在同一个地方结束——我们的铁艺大门前。仿佛一切都指向我们的相遇，一边是四个人，另一边是五个人。

现在，我们开始把彼此在11月18日的行踪联系在一起。要解释在柏林车站发生的事情并不难。售票处不再张贴寻人启事的原因当然是拉尔夫回来了，所以我们也不再向车站工作人员提出张贴寻人启事的要求，而当他们三个人最终决定进一步调查此事并前往不来梅时，我们早已搬出了拉尔夫的公寓。

当他们到达位于亨塞尔大街的公寓时，家里自然是没有人的。不过，他们还是觉得自己的任务完成了，因为当他们在街上转了一圈后，突然发现对讲机里有拉尔夫的名字时，就好像来到了圣诞老人的家门口一样，但圣诞老人没有应门。他们按了门铃，但什么也没发生。

听到他们告诉我们这些，拉尔夫笑了，亨利也笑了，我们为这两张海报的神秘又笑了一次——促使他们前往不来梅的关键细节竟然是一个误会，因为亨利在柏林时，贴了两张海报，选了几个地铁站，在那里又贴了几张海报，在中央火车站附近的一家旅馆过了一夜，第二天早上，他为了确保海报不会消失，就在车站的两头又各贴了一张。

是玛丽斯为拉尔夫公寓的故事补充了最后的细节。他们又按了几次门铃，等待应答，但还是没有动静。他们当天又去了几次，第二天又去了一次，但都没有人在家。他们问过住在同一楼层和楼下的邻居，他家晚上什么时候会亮着灯，但没有人知道拉尔夫·克恩的情况，他房间里的灯也从来没有亮过。

几天后，他们搬进了拉尔夫公寓对面二楼的一套空房子。从客厅可以看到拉尔夫的公寓，至少可以看到他公寓楼前的街道上发生的事情。这三位新住户注意到，公寓里早晚都没有灯光，他们趁小区里的一位住户外出时，从前门钻了进去。公寓的信箱里塞满了广告，还有一封信，他们没费什么力气就拆开了这封信。信封里有一把钥匙，正是大门的钥匙。显然，这间公寓无人居住，不过客厅里还剩下几件家具，厨房里有一些脏餐具和一个比萨盒。

既然他们来到了不来梅，并且在离不知名的拉尔夫·克恩如此之近的地方住下来，至少是在他的公寓附近，他们自然要找到他。有一天，一辆陌生的汽车停在了房子前面，是索尼娅和彼得。罗西一直站在公寓的窗边，当车突然停在拉尔夫·克恩公寓的车道前时，她跑下楼梯，来到街上。她用力地向新来的人挥舞着手臂，跑过马路，问驾驶座上的人是不是叫拉尔夫。

他不叫拉尔夫，而叫彼得。彼得向她介绍了索尼娅，并告诉他们自己被困在了11月18日。玛丽斯补充道，和我们一样。奥尔加说，显然，也和我们一样。

奥尔加站了起来，应该是因为她想要散步，现在她就站在门口，听索尼娅和彼得谈论他们去不来梅的旅程。他们看到了一张海报——他们说是在汉堡[1]看到的，但我觉得我们在汉堡没贴过海报。也许他们指的是汉诺威[2]，那里贴的海报把我们三个人都剪辑进拉尔夫在亨塞尔大街的公寓台阶上，他们看到的应该是其中一张。无论如何，海报上的门牌号清晰可见。他们对海报和11月18日的相关说法感到疑惑，于是决定进行调查。索尼娅记下了从海报上可以搜集到的一点儿信息，并和彼得一起来了不来梅，毫不费力地找到了那条街和那处房产，并径直驶入了罗莎莉·托帕的视野。

接下来的几天没有发生什么事。彼得和索尼娅搬进了公寓，五个人互相认识了一下，一致认为必须找到拉尔

① 德国第二大城市和最大海港。

② 德国北部重要的工商业中心，下萨克森州首府。

夫·克恩。他们商定了一个监视时间表，轮流监视这处房产，每次两个小时，不分昼夜。突然，亨利来了，开着一辆他们之前没有注意到的汽车停在了这处房产旁。

罗西刚刚接替了玛丽斯的班，她从窗户里看到一辆装满纸箱的陌生汽车停在路边。她给玛丽斯打了个电话。正当她给彼得和索尼娅打电话时，司机亨利下了车，在拉尔夫·克恩的台阶上坐定。玛丽斯匆忙跑到街上，胳膊上搭着外套，手里拿着鞋子。她急忙给安东打了电话，不一会儿，她还没来得及穿上鞋，就看到那辆陌生汽车的司机打开了副驾驶座的车门，把一个洗衣篮放在座位上，绕过汽车，坐到了方向盘后面。几乎与此同时，索尼娅和彼得向他们停在街边的车跑来。要不要对那个男人大喊呢？玛丽斯有些拿不定主意，于是她急忙跑向彼得和索尼娅，紧接着，罗西也冲下楼来。亨利坐进车里，驶向亨塞尔大街的那一刻，先是玛丽斯，紧接着是罗西，她们都坐进了后座，玛丽斯手里拿着鞋，胳膊上搭着外套，手机还与在几个街区外的安东通着电话，他正在回家的路上，准备接替罗西的班。

亨利什么也没注意到。他看到，在他离开亨塞尔大街后不久，后面不远处有一辆车停在了电车轨道中间，并载上了一名乘客。他觉得这是种很愚蠢的冒险行为，因为下一班电车随时都可能出现。除此之外就没再注意，没有意识到有人在追他。此外，他只能看到侧面的后视镜，因为整个车厢后面都装满了饼干和燕麦片，中间的后视镜根本没法儿发挥作用。

在几辆车的共同夹击下，他们悄无声息地穿过市区，驶向郊区，亨利突然打开转向灯，拐了一个弯儿，在一扇铁艺大门前停了下来。他下了车，拨通了门铃对讲机，不一会儿，栅栏门打开了，他驾车进入大门，没有看到追赶他的人。

彼得说："现在我们知道被困在11月18日的至少有六个人。"玛丽斯说，可能更多。她一直确信，他们在城里跟踪的不是拉尔夫·克恩。她觉得柏林海报上的人与车里的人不是同一个人。

亨利——而不是拉尔夫——进入栅栏门，然后消失在他们的视线之外。他们开车经过了那所房子，但他们能看到的东西并不多，因为房子被围墙和树木遮挡得严严实实。他们掉转车头，往回开，在大门前停了下来。他们先是思考了一会儿还要不要继续观察，然后下了车，犹豫了一会儿，索尼娅按响了对讲机。玛丽斯说，其余的事情我都知道了。

拉尔夫说，我们已经确定我们不是孤独的。至少他是这么说的。因为如果只有我们四个人被困在11月的日子，我们彼此相遇就太奇怪了。世界上的人这么多，而我们四个这么少。玛丽斯告诉我，她们也是这么想的。也就是说，当她和罗西相遇时，她们一直以为只有她们两个人。是当地的一种特殊虫子袭击了他们。罗西说，就像一种“微下击暴流”[①]一样。这是一种突如其来的天气现象，其强度足以让飞机偏离航线，或者让汽车腾空而起，然后再抛向空中。她指的是一种时间上的微下击暴流，是一种跳跃或突然的湍流，或者是某种局部的潮汐龙卷风，随你怎么称呼它。她认为，如果天气能做到，时间也能做到。直到他们在波兰旅行时遇到安东，他们才开始相信被困在11月18日的人还有更多。因为如果在阿姆斯特丹市中心和波兰南部的一个小镇都会发生同样的不可思议的事情，那么在其他许多地方也会发生。

现在我们知道，这一事件至少发生过九次，至少在八

① 原文为英语，microburst。下击暴流是一种比阵风锋具有更大风速的强风类型，如果地面强风的影响范围在水平尺度上小于或等于4km，则被称为微下击暴流。

个不同的地点发生过。九个人各自站在那里——独自面对灾难，独自感受着震撼。玛丽斯说，如果一场没有人员伤亡的灾难也能被称为灾难的话。

很显然，她和罗西已经在一起很久了。她们有好几次使用了一些不得不向我们其他人解释的词语。她们把这次事件称为一场“颠倒”[①]；或者，玛丽斯先这样用过这个词，然后罗西也就跟着这样说了。她们遇到安东时也是如此。因为这不是一场灾难，只是一个转折。这就是“颠倒”的意思。他们的世界并没有终结，他们只是被送回了同一天。没有悲剧，没有伤亡。

拉尔夫要求对这个词进行更详细的解释，这时罗西说，玛丽斯学过希腊语和考古学。但玛丽斯急忙说，她早就放弃了她的学业了。拉尔夫觉得这个词很奇怪——他说，这是一种不必要的构词。他也从来没有把一百天叫作“百日”[②]的冲动，就像亨利和我需要在时间上迈出长长的一步时偶尔会做的那样。但是，他在我们见面的第一天晚上就告诉我们，他的项目叫BeDaZy，并详细描述了这

---

① 玛丽斯和罗西用荷兰语的anastrofe和希腊语的anastrophe融合后创造的新词。

② 百日centium，复数为centier。

个项目，显然没有人觉得这个构词很奇怪，或觉得他这个“可以通过构建一个系统来创造更好的一天”的想法特别奇怪。我想到了我们在拉尔夫公寓会面时他提出的所有概念。这些概念是本来就存在的，还是新构建出来的，抑或是两者兼而有之？也许他会认为，他的概念是向前的，而不是向后的，一个创造性的新建筑比过去的建筑更有意义。

我还注意到，提到玛丽斯的研究时，他轻轻地叹了口气。当我开始提问时，拉尔夫朝我的方向瞥了一眼，似乎在确认我没有把话题引向歧途。他相信，我们现在的处境最需要的并不是对考古感兴趣的人。而在第一天晚上，当听到索尼娅告诉我她是一名医生时，他显然很受鼓舞。她的时间戛然而止的时候，她正在急诊室工作。当看到拉尔夫在她说话时不由自主地开始点头时，我和奥尔加都忍不住笑了起来。他连续点了好几次头，微微弯着腰，让肩膀跟着点头，就像剧院里的女权运动者，抑或是考试时的老师——面对老师给出的难题，学生即将回复一个令人满意的答案时，通常需要看到老师点头才能继续说出正确的答案。

索尼娅是我们当中唯一带着一点儿戏剧性进入11月18日的人。17日晚上，她在自己工作的急诊科值夜班。那是一个忙碌的夜晚，有一次她不得不缝合一个伤员下巴上的伤口，她说那是一个相当恶心的伤口。她给伤者打了局部麻药，需要等一会儿麻药才能完全生效，但由于忙得不可开交，她问伤者是否愿意让她马上缝合。她说，也许会有一点儿刺痛。病人点了点头，然后她就开始缝合。缝到一半时，麻药已经完全起效。她正在打最后一个结，这时警察突然闯了进来。两名全副武装的警察告诉她，她的病人因谋杀罪被通缉。他已经被通缉很久了，是一场微不足道的交通事故让他落网的。他的伤势并不像他们想象的那么严重——下巴上有一道口子，手扭伤了，肋骨处有些淤青——但当警察赶到现场时，一名警官认出了他，叫了一辆巡逻车跟在救护车后面，他的逃亡生涯就这样结束了。幸运的是，索尼娅的治疗已经差不多完成了，否则她就得一边缝合，一边站在一个犯罪嫌疑人和两个全副武装的警察中间了。

那是一个深夜。索尼娅半夜下班，同事开车送她回家。第二天早上，她醒来时已经是18日了，前一天发生的事情让她还有些心有余悸，所以这一天过得并不平静。晚上，她又值夜班，那是一个平静的夜晚，但她感觉失去了平衡。当她第二天醒来时，发现自己又回到了18日，她确信是17日发生的事情让她失去了方向。

对玛丽斯来说，情况则不同。她不觉得外界的任何事情会让她感到不安，尽管正如她所说，她曾在酒店工作。她也曾在阿姆斯特丹郊区的一家医院洗衣房工作，11月18日，她被解雇了，因为她把一件医院的衬衫带回了家。也就是说，她在几天前拿了一件衬衫，并且非常喜欢穿着它睡觉，于是她又想拿第二件。她就是穿着第二件衬衫被发现的。她一直认为是自己的偷窃行为导致她进入了11月的循环，因为她不满足于只拿一件衬衫。

她是在阿姆斯特丹的一个公园里遇到罗西的。罗西是一个住在荷兰家庭的互惠生[①]，当她意识到出现错误时，她刚刚送寄宿家庭的两个孩子去上学。她所经历的早晨总是一成不变，第二个11月18日的早晨也和大多数早晨一样。父母去上班了，她送孩子们去上学，如果说这个早晨有什么不同寻常的地方，那就是这一次她早早地带着孩子们离开了。这也许就是她没有意识到这天是重复的一天的原因。直到她像往常一样送完孩子，在公园里坐下来时，她

① 最早起源于英、法、德等国的自发的青年活动，旨在给来自全世界的青年们提供一个在别国的寄宿家庭里体验文化和学习语言的机会，同时为该家庭做一些看护孩童的工作。

才意识到这一点。在长椅上，她看到一只狗从主人身边跑开，并攻击了另一只狗。同样的事情在前一天也发生过，恶狗的主人被吓坏了。她对被攻击的狗的主人说，以前从未发生过这样的事情——前一天可能是真的，但在新的攻击发生后，攻击性和前一次一样强，这显然是个谎言。罗西担心的正是这个谎言，因为谁会如此明目张胆地撒谎，谁又会相信如此容易被识破的谎言呢？是那两个狗主人，还是那只恶狗？一旦罗西意识到这一点，就不难发现一切都和前一天一模一样。

几百天后，玛丽斯和罗西在公园相遇。起初罗西试图像往常一样生活，起床送孩子们上学，下午再去接他们。她把这一天的反复告诉了一个朋友，但她的朋友并不相信。她给父母打了电话，他们建议她立即回家，但第二天他们就把这事忘得一干二净了。最后，当她开始觉得日子琐碎，并意识到她可以一次又一次地取钱，做任何她想做的事时，她搬进了一家旅馆，每天早上给她的雇主打电话，告诉他们她家里发生了一起严重事故，她不得不在晚上离开。打电话是她每天早上例行公事的一部分，之后她经常会去公园散步，有一天她在本该没人的长椅上遇到了玛丽斯。初次见面时，她们在一起度过了很多时光，先是在阿姆斯特丹，然后出城旅行，通常是一起，有时是单独，但总是回到玛丽斯的公寓，就在她们相遇的公园附近。

他们是在波兰遇到安东·亚纳斯的。当时他正在波兰南部的一个小镇看望父母。安东一直在克拉科夫①的一所高中教历史，但他的父亲最近被诊断出患有帕金森病，已经六十岁了，刚庆祝完自己的生日。安东在职高中的大部分学生都在做一项重要作业，要到周末才能回到教室。安东安排了一位同事接手最后几节课，这样他就可以多陪父母几天。他和父母一起庆祝了生日，本应在20日返回，但当他在以为是19日的清晨醒来时，却又是18日。他也认为是他自己让时间停滞了——这样他就能多陪父亲几天了。他一直很担心，非常担心。他相信，对父亲的担心让他进入了一个循环，也许是他想要阻止病情恶化的愿望让时间停滞了。

安东没有去任何地方旅行，至少一开始没有。他整天和父母在一起，帮他们打理家务，修修补补，抚摸他们养的老狗，粉刷窗框，尽管父亲坚持说11月没人粉刷窗框。

① 波兰第二大城市。

安东认为木制品已经干得可以粉刷了。他开始粉刷时，父亲坚持要参与其中。就在这时，安东发现了不同之处——父亲的动作慢了下来。最奇怪的是，父亲粉刷的成果一夜之间消失了。几天后，安东坚持自己动手。他认为父亲需要休息。

后来，安东回到了工作岗位，接过了他的同事本该为他上的课，把一切都告诉了他的同事，他的同事相信了他的故事，但只是在安东预言了18日的一些事件之后。他们试图一起理解时间的问题，但没有找到谜底。安东还遇到了他的前女友，并向她讲述了他父亲的病情和他的11月18日。他又一次被相信了。这一次，他无须证明任何事情。他说，大家都很理解，只是没什么帮助，但你又能做什么呢?

在随后的时间里，他在克拉科夫和父母家之间轮流居住。在父母家时，他每天早上都会带着家里的狗去散步。玛丽斯和罗西就是在这种情况下发现他的。那是她们在波兰旅行时的一个插曲，那时她们在不同的城市之间穿梭。一般情况下，她们会选择住在大酒店里，因为那里客人多，接待员也换来换去，更容易让人们相信她们是前一天晚上到的。而在小地方，这就比较困难了。罗西说:“你们可能知道这个问题的存在，比如不得不在早上解释自己为什么在这里的时候，或者溜出去假装刚到的时候。”

罗西和玛丽斯一大早就来到了镇上，住进了唯一能找到的住的地方——镇广场附近的一家家庭旅馆。因为旅馆主人独自一人打理这家旅馆，旁边只住着一对老年夫妇，所以她们无法解释自己为什么早上会出现在这里。她们只能在主人醒来之前偷偷溜出去，过一会儿再回来，就像她们刚到一样。在溜出来的这段时间她们去了一家面包店，在店里等待，那里有一个小咖啡间，窗台边摆着几张桌子和椅子，可以俯瞰街道。玛丽斯和罗西在这里坐下，然后又回到旅馆安顿下来。由于一切都很顺利，而且她们喜欢在小镇上游览和在周围的乡村散步，所以她们在这里住了好几天，每天早上她们都坐在窗台边喝咖啡，吃苹果煎饼，还能看到周围的房子，其中一栋房子属于亚纳斯家。一天早上，当罗西注意到对面的街道上有太多不同的东西时，她们才意识到她们并不孤单。

每天早上，安东都会在大致相同的时间出门，遛家里那只上了年纪的狗。有的时候，他会抱着这只老狗回来，直到到了家门口才把它放下来。有的时候，他会牵着狗回来。还有一次，他在到家门口之前把牵狗的绳子解开，让狗自己慢悠悠地走到大门口。她们以前从没见过这么大的变化。也就是说，她们直到现在才注意到这一点。今天早上安东抱着狗走来，罗西注意到这一变化，并提醒玛丽斯注意，玛丽斯赶紧走出来，让安东把狗放下，她有话要跟他说。安东困惑地看着她，没明白她的意思。他没有注意到每天早上坐在他对面吃早餐的两个女人，但他很快就意识到发生了什么事，经过几天的思考，他和她们一起出发了。

对他来说，做好离开前的准备工作有点儿困难。他不想让父母伤心，一开始更是觉得很难抛下他们。在克拉科夫的时候，他总是一大早就给他们打电话，告诉他们自己不得不在他们醒来之前离开。但如果他真的离开了他们，他会记住需要每天早上做这件事情吗？罗西在和玛丽斯探讨事情的机理时，也解决了同样的问题——她要给她寄宿的家庭留个言。她写了一封信，带着它走了很久，直到它不再从她放下信的地方消失。有一天晚上，她回去把信放在了家里厨房的桌子上。安东也是这样做的，事实上，他写了好几封措辞不同的信带在身边，一封带了几天，还有一封带了三天，最后他成功了——其中一封信，也就是他最初写的那封信，一直留在了家里，尽管他自己已经和玛丽斯、罗西一起离开了，并在旅馆过了一夜。现在，他的父母每天早上都会读这封信。他说，至少他确信他们读了，因为当他偶尔打电话确认一切是否正常时，可以看出他们已经接受了他提前离开的事实。

我们又一次在壁炉房里坐到深夜，回忆着11月的日子，以及突如其来的邂逅和时间的机理。拉尔夫讲述了他和奥尔加在路边散步时的邂逅，亨利讲述了那些促使他参加罗马帝国供应安全问题的讲座的巧合。我已经记不清索尼娅和彼得是如何相遇的了。我想，说到细节的时候，我那时已经累了。应该是在一家酒店，也可能是在饭店，也可能是他们先在酒店相遇，然后去了饭店。总之，他们去了饭店，然后一起走回酒店。

当他们相遇时，两人都以为对方就是他们往常结识的那种人，是一个第二天就会忘记一切的人。两人见面时都没有怀疑过什么，但他们还没聊多长时间，就意识到了真正的来龙去脉——他们第二天不会忘记这些，他们都有自己的回忆，他们是孤独的，但又不再孤独，他们是同一类人。所有这些都是我们在11月18日第一次遇见另一个人时的想法，但又不一样，因为他们的相遇是爱的相遇，从那时起他们就一直在一起。他们从未想过分道扬镳，永远不会。即使他们能回到正常的时间也不行。如果必须回去，他们会一起回去。

很显然，他们本想分享更多细节，因为自抵达后，他们曾多次重提相遇的奇迹。多日来的爱恋，一路上愈演愈烈。他们已经完全失去了回到时间会前进的时代的兴趣。他们从未想过会如此轻松，从未想过爱可以如此简单，从未想过遇到一个人然后体验到这种平静。诸如此类。但当他们开始讲述时，我们的注意力就好像慢慢溜走了。拉尔夫开始问起彼得在11月18日之前作为淡水生物学家的工作，或者我们累了，或者亨利有东西要去取。也许我们只是需要零零碎碎地了解他们的故事。很难不去想念，很难不去想念失去的爱。他们在讲述的时候，我相信亨利一定想起了他的儿子和玛莎·阿特林斯。罗西和玛丽斯也没有执意让他们再多讲一些故事，至少我没有听到她们说这句话。也许，比起聆听他们伟大的爱情故事，听他们讲述在18日的孤独岁月、动荡和困惑，以及努力在重复的日子里穿梭更容易些。

我想起了托马斯，想起了我们在一起的时光，但那已经是很久以前的事了。我还记得当时的情景，但我不需要再听类似的故事。我们的故事消失在11月漫长的隧道里，而他们的故事就发生在这里。也许我们只需要多了解他们一点儿，也许必须更喜欢他们一些，才能允许他们坐在那里，并沐浴在如此多的幸福之中，但这应该不会太难。

第1921次

早上能感觉到我们有人醒了。房子里有东西开始移动。我们向厨房靠拢，向玻璃温室里的大桌子靠拢。能感觉到我们是一群人，是一个集结在一起的团队，至少感觉是这样。

这是东西移动的方式：餐具移动到桌子上；一只手从抽屉里拿起一把勺子，发出金属碰撞的声音，抽屉再次关上；橱柜打开，一摞盘子在一双手之间保持平衡；一只手端着杯子放到桌子上；一壶咖啡端来，又一壶咖啡端来；索尼娅泡了茶，彼得端到桌上，罗西倒茶，亨利起身去拿牛奶，我则把空咖啡壶拿到厨房，再拿一个装满咖啡的回来。

正是这种相互交织的感觉，让我们觉得自己是一群人。房间里的声音，餐桌对面的目光，还有从厨房端到玻璃温室的东西。有人想知道奥尔加起床了没有，或者有没有人看到彼得。有人做了回答，也有人向桌子上方的空中抛出一个假设。然后是一些问题，又是餐桌对面的目光。要不要再泡点茶？我们还有橘子吗？还有别的需要我从地下室拿上来的东西吗？空中传来句子和回答的声音，有时是几个人一齐回答。是的，在厨房的桌子上，或者不，她还在睡觉，或者他刚才还在这里，新的咖啡来了，杯子够吗？还有新的问题和对问题的讨论，以及来自桌子另一端的回答。我们对着桌子上方的空间说话，互相回答。我们一起看看是否需要采购面包，有人说二楼浴室的台灯上少了一个灯泡，然后有人在地下室看到一箱旧灯泡。

这是一个开放的空间。没有必要制订规则和计划，我们只需将自己融入已经发生的事情中。如果缺了勺子，或者缺一块隔热垫来放刚出炉的大盘子，就会有人去找，或者从厨房拿一些可以替代的东西，比如茶匙或一块砧板。

很少能听到是谁在叮当作响，开或关什么东西。有时也能听到，因为如果有人拿出托盘放在厨房的桌子上，如果所有的东西都堆在托盘上，盘子、碗等餐具都在一起，而且都拿齐了才端进来，那应该就是索尼娅。不过也可能是我，因为我也开始这样堆放东西了。如果听到有人被锅或烤盘烫到，那通常是亨利，因为他经常用半湿的茶巾代替锅垫，但大多数声音是我们中的任何人都可能发出的。

这和我们只有四个人的时候并没有什么不同的地方。但无论如何，以前的日子更简单。我们在玻璃温室里几乎有固定的位置，但也不完全是，不过我们的生活习惯和作息时间更加固定。拉尔夫经常早上去上班，如果他回来时车未停在家门口，我们就认为亨利出去买东西了。我们知道，如果是早上，奥尔加很可能还在房间里沉睡，如果她晚上不在家，那就是出去远足了。大家经常可以在壁炉房最大的一扇窗户边的扶手椅上找到我。我的身上裹着一条毯子，通常还拿着一本书或一沓文件，或者只是坐在那里，眺望花园尽头小溪旁的大片草坪。

现在，信息在家里不断流动。早餐桌是一个畅所欲言的地方。厨房是一个交流的地方，有人带来食物，有人把食物变成饭菜，有人把饭菜摆上餐桌，人们来到这里，坐下来，吃完，收拾，我们的消化系统处理着同样的菜肴，我们的大脑回荡着同样的句子，词语从彼此身上汲取着色彩。这是一种持续的纠缠，我们的身体一天到晚渗入房子，在楼梯上穿行，在走廊和门口交谈，晚上在客厅里，我们坐下来，回忆着我们所有的日子，那些被困在18日的日子和18日之前的日子。我们把它们拉到客厅里，句子在这里流动，我们坐在这里，交换手势和动作。有时，我们也会谈论18日之后的时光，但并不常见。有时是我们起身回房时的一句话，有时是我们各自醒着躺在床上时的一个突然的想法。在18日共度时光，也许也有对19日的思考。

有很多事情我们不需要解释。每个人都知道，我们会耗尽世界的资源，如果不想成为怪物和肆虐的蝗虫，我们就必须小心谨慎。我们知道，一切新事物都很麻烦。我们知道，让事物留下来需要时间。一开始的一切怪异和困惑都变得正常，因为我们带着相同的经历而来，我们不再疑惑。与我们疏远的家人、失去联系的人及退居幕后的友谊和破碎的爱情，一切曾让我们感到孤独的东西现在都变得习以为常。事情就是这样而已。

彼得和索尼娅一起住在二楼走廊尽头的最后一间房里。罗西和玛丽斯搬到了不同的房间，但她们已经开始幻想着重新装修那位司机的房子，然后搬进去住。她们相信，我们的人数会更多。到处都是我们的海报，如果还有人破解了海报隐藏的信息，他们中的一些人迟早会来不来梅。彼得和索尼娅坚信，他们已经看到了其他人——有五六个不符合18日模式的人。他们认为，我们可以做好准备，有朝一日这所房子里会住满人。

有一次他们在米兰[1]，坐在大教堂广场附近拱廊的一家咖啡馆里。他们注意到广场上有一群人，或者说索尼娅注意到了，尤其是其中一个穿着黄色夹克的女人。她曾想过她也要找到这样一件夹克穿，也许她还跟彼得提过这件事。但他们后来聊的完全是别的事，或者他们太专注于彼此了，无论如何，当他们意识到时为时已晚——这群人并不属于大教堂广场的常规模式，因为当几天后他们再次坐在那里时，这群人和那件夹克都不见了。注意到这一点的是索尼娅——她没有看到那个穿黄色夹克的女人，虽然时间和上次一样，却没有那个女人和她那群人的踪迹。他们只能明白，一定还有其他人被困在18日里，可能是这群人中的每一个人，也可能是其中的一部分。可能是一个人把其他人带出了他们的模式，但他们认为，最有可能的是，他们看到的是被困在18日的一伙人。

在意大利逗留了很长时间后，索尼娅和彼得才发现了印有拉尔夫名字的海报。他们一路向北，去了汉堡，或是

---

① 意大利第二大城市。世界著名的时尚之都，全球半数以上顶级品牌时装公司总部设于此。

汉诺威，或是什么地方。他们本以为那张海报会带他们找到那个穿黄色夹克的女人，没想到却带他们找到了罗西、玛丽斯和安东，还有我们，而我们中没有一个人穿过黄色夹克。

第*1928*次

拉尔夫希望有更多的人住进来。他说，他的项目需要参与者和信息，虽然现在还不需要，但很快就需要了，届时技术问题就会得到解决。他仍然会去办公室，但不那么频繁。他早就开始询问我们的新住户是否遇到过重大事件。他们当然遇到过。他们谈到过火灾、交通事故，还曾经有人在大街上心脏病发作。大多数人都曾试图干预和阻止 18 日发生的事故，但都无济于事，因为第二天一切又会重演。在刚被困在 11 月 18 日的某一次，玛丽斯就看到了一间地下室的窗户冒出一股浓烟，这扇窗户就在她后来遇到罗西的公园附近。公寓的住户把油锅放在炉子上，然后把它忘到了脑后。没有人受伤，但住户失去了一切。她说，一家七口人住在地下室的两个小房间里。玛丽斯和罗西在公园里时，她们通常会记得在火灾发生前敲敲地下室的窗户，提醒他们注意那口危险的锅。

大多数人把拉尔夫的项目当成某种形式的宽慰，他们可以把一天中的不幸交给他。索尼娅说，很难不去想自己所知道的那些事故，允许它发生，对此无能为力，或者不知道发生了什么。她还想到了发生在那不勒斯[①]港口的一起溺水事故——或许真的是一起溺水事故。她和彼得从米兰到了那不勒斯，到那不勒斯的第一个晚上，他们在海港附近散步。临近午夜时下起了雨，他们躲在一个遮阳篷下，突然听到有人在喊救命。听起来像是从水底、码头下或停泊的船只后面传来的。他们冲过去，清楚地听到呼救声和有人落水的声音——他们是这么认为的。他们联系了急救中心，告诉他们当时的情况，但有人已经拨打了求救电话。很快，救援人员驾着小船赶来了。过了一会儿，一架直升机在水面上飞来飞去。一道光锥掠过水面，先是在港口腹地，然后是更远的地方，但没有发现伤者。过了一会儿，索尼娅和彼得回到了旅馆。水不会冷到危及生命的

① 又译为“那波利”，意大利西南岸港市。地处第勒尼安海那波利湾北岸。

程度，但他们还是很担心。

第二天晚上，他们再次来到港口。他们在水边走来走去，撑着伞站在雨中，就站在他们以为听到喊声的地方附近，但什么也没听到。他们在海港附近转了一圈，但什么也没发生，他们不知道声音是从哪里传来的。

事发后的头几天，他们去了港口好几次，但什么事也没有发生，似乎也没有人落水。彼得和索尼娅现在确信，他们并不孤单。还有其他人打破了11月18日的模式。可能是米兰那伙人中的某个人落水了，也可能是他们上了岸，在救援队到达之前就离开了。

对于他们所经历的这一切，拉尔夫不知道是否可以被认为是一起突发事件。因为到底有没有发生突发事件呢？有喊叫声。但喊叫算不算事件呢？他说，如果受害者是我们中的一员，那就超出了项目的范围。

拉尔夫为我们准备了一份表格，供我们在报告重大事件时填写，最好填写详细准确的数据。他需要目击者的电话号码、亲友的联系方式和路人的信息，还要收集救援服务和紧急呼叫中心的号码，以便救援人员能够及时赶到。在他的模式中，除了时间和地点之外，最重要的领域就是他坚持称之为“干扰项目”的领域。他的方案包含了几个我以前从未接触过的概念，其中有些可能是他自己发明的。他似乎坚信，如果我们掌握了专业术语和行话，他的计划就能更好地实现。

今天上午，当拉尔夫再次坚持谈论他的项目时——也许有点儿太详细了，也许对他可以委派任务的那些尚未到达的人的期望值有点儿太高了——奥尔加给了我一个怀疑的眼神，但我很难说拉尔夫所做的事有什么坏处，或者说，我们多一些人也没什么不好。

当然，也有可能我们永远不会超过九个人，但我们都不再相信这一点了。在我们稍后上楼时，奥尔加建议说，我们也可以到此为止，或者说是她“坚持认为”，因为我不觉得这是一个建议。她说我们可以把海报带回家，然后把吊桥拉起来。她只是对我说的，但她补充说，她不知道自己是不是真心的。她想过这个问题。我也想过，但如果我们被困在同一天，为什么不能聚在一起呢？我说，人总是可以一个人的。顺便说一句，她自己——我记得是这样——曾经希望18日除了我们还有其他人。她不记得了，但她说，是的，总是可以一个人的。我说，如果她愿意，可以搬回拉尔夫的公寓住一段时间，但我觉得她不想。她有她的夜行，还有一个人的早晨。撤退的方式有很多，如果她愿意，我们可以一起去杜塞尔多夫。我说，可以去几天。我们可以坐火车，如果她想开车，也可以开汽车。我想念那棵欧楂树和我的阳光。

第1940次

但奥尔加对我们的新住户既没有不友好，也不轻视。恰恰相反，她给他们烤面包，做果酱。她带他们一起去了她散步时发现的街区，她用彩色发带把头发盘起来，她和罗西、安东一起喝地下室里的十月啤酒，然后在夜色中散步。有时安东陪她散步，有时她和彼得、索尼娅一起站在厨房里。但她最开心的时候显然是和罗西一起讨论的时候。她说，她并不能真正懂玛丽斯这个人，但我不明白她为什么不懂。

当契妮·吕戴突然出现在栅栏门前时，我们也没有多少怀疑。我刚起床，从二楼的窗户可以看到她，栅栏门是开着的，但她没有进来。我找了件毛衣穿上后，听到走廊上有脚步声。原来是奥尔加——已经起床了，而且穿戴整齐。我问她想不想去栅栏门口接我们的新住户。因为那里站着一个人，显然是误入歧途了。她说她不想，但还是马上下去了，过了一会儿，她们笑着从车道上走了过来。

契妮和奥尔加一样喜欢夜行，她在一次夜行中观察到了奥尔加。奥尔加可以走好几个小时，她们的足迹曾有过交集。换句话说，契妮从远处看到了奥尔加，并跟踪了她，这并不是因为她认为奥尔加和她一样被困在了11月18日——她不可能想象得到——而是因为她很想更多地了解这个夜行者。

契妮住在市里的一套公寓里。她的日子陷入停滞的时候，她正在策划一次会议。她来自康斯坦茨[①]，和彼得一样学的是生物学，但她对学习感到厌倦，所以来到了不来梅，因为她被一家科学中心录用了。她要策划一场关于工业设计中生物结构的展览，比如像鸟翅膀一样的车门，灵感来自蜘蛛网的椅子，植物形状的盘子等，诸如此类。她就在这里认识了她的男朋友，展览结束后，她就留在了这座城市。她在一家会议中心找到了一份临时的兼职，继续在不来梅学习，但没有完成学业，并继续策划会

① 德国西南部城市，毗邻瑞士。

议。后来，她从男友家里搬了出来。她说，所有这些都很平常——项目、短期工作和感情破裂。但后来时间就停滞不前了。

现在，她晚上散步，白天睡觉。她时不时就会丧失去会议中心工作的冲动，这时她就会在散步时发现奥尔加，跟着奥尔加走几分钟，但她认为这只是一个夜行者，也许只是一个正走在回家路上的人。当奥尔加转向不同于契妮打算去的方向时，她放弃了追赶，任由奥尔加消失在远方，她仍然很好奇，但相信这个夜行者会在相同的时间和地点再次出现。这已经不是她第一次在散步中看到人，然后跟踪他们并找出他们住在哪里，他们是谁。她说，这纯粹是好奇，出于对人类奇怪行为的兴趣，或者说是无聊。

几天后的晚上，她又在这一带徘徊，但奥尔加却不见踪影。下一次她也没有出现。几个晚上后，当契妮终于发现了那个夜行者时，对方突然变成了两个人。因为安东跟着一起来了，而且时间也发生了变化。契妮很快意识到发生了什么——他们一定和自己一样被困在了时间里，或者至少是其中的一个，因为也许新来的夜行者已经被拉出了他的模式。她自己偶尔也会把别人从自己的模式中拉出来。她去看望前男友，和城里的朋友出去吃饭，她像我们中的许多人一样探望了家人。有段时间她离开了不来梅，并称之为度假，但她从未遇到过其他误入歧途的人。

契妮远远地跟着奥尔加和安东。他们走到铁艺栅栏门前时，门开着，因为电路出了问题。契妮一直等到他们消失，他们一走，她就走上前来，靠近了房子。她透过窗户看着安东和奥尔加。她看到二楼的灯灭了，听到窗户打开的声音，最后房子里一片漆黑。她没有想到，房子里的人都停在了18日。至于为什么，她并不知道，也许只是难以想象。更容易想象的是，奥尔加和安东处在不同的时代，奥尔加和安东一起回家，想在天亮前离开房子。

契妮在玛丽斯和罗西正在装修的司机的房子里过了一夜。她几乎整晚没睡，以为会听到奥尔加离开房子的声音，但并没有。第二天一早，她回到大门口，按响门铃，等着有人来。她编了个借口来找奥尔加，但她不需要这个借口。相反，奥尔加出现了，并邀请她进屋。在走向房子的路上，契妮告诉奥尔加，她在晚上散步时跟踪过她。奥尔加说她知道，她两次都察觉到了契妮的跟踪，但她不想把契妮吓跑，所以就当无事发生，然后两人都笑了。

奥尔加说她不喜欢新来的人，或者她不想让更多的人来，我认为这不是她的真心话，也许她是担心他们会再次消失。我想起了拉尔夫离开时她的焦虑，想起了她的妈妈。但我又想，也许是我的问题，也许我们都是这样，也许我们都有点儿焦虑。对震颤和不可预知的变化感到焦虑。我们都曾经经历过——失去我们熟悉的世界。我们知道，任何事情或任何人都是无法确定的。就好像另一个人是一份馈赠，需要我们悉心呵护。

第*1941*次

我们对彼此有什么看法？我不知道。我们成为朋友了吗？成为闺密了吗？我想是的。还有别的词吗？室友？我们不仅仅是室友。我们被一段共同的历史联系在一起。这不是一个家族的故事，也不是一个童年的故事。我们不像学校的班级，会因出生年份或地理位置而联系在一起。我们没有选择彼此，没有加入一个可以退出的组织，也没有被安排在一个我们可以离开或一飞冲天的运动队。这不是一个工作社区。我们不是同学或同事。我们是被变幻莫测的时间组合在一起的，或者我们是这么认为的，我们从世界中跌落，各自跌落，同样眩晕。我们在18日孤独流浪。后来我们相聚，我们不再孤独。这所有的一切，我们无须解释。

第1942次

拉尔夫和我说起了他与奥尔加的相遇。我们当时坐在车里，正要去油漆店买墙漆、刷子和胶带。他谈到了他和奥尔加是如何在进城的这条路上相遇的。当时他看到了一个通常不会在路边徘徊的人，于是停了下来，而她完全没想到要钻进一辆开着应急双闪灯等她的车。但他也谈到了其他的“相遇”，比如和我们的“相遇”。

他让我坐在驾驶座上，他想教我开车。我告诉他，我从来不喜欢汽车。我说，我不喜欢这种四周都是金属的空旷空间——虚假的安全感、坚硬的外壳和足以让外壳瞬间破裂的前进速度。

我们已经向新来的人介绍了我们的会议。我不知道他们怎么看待这些——坐在那里开会，讨论我们在杯子里收集的话题，但拉尔夫坚持认为我们应该开会，他想多谈谈他的项目。他说他在杯子里留了一张纸条，或者其实是两张。他认为有必要谈谈我们改变世界的机会。我说，是改变日子，我们改变日子的机会。

拉尔夫认为，我们的会议应该在一个更加严格的框架内组织。我们应该把精力集中在最重要的事情上，我们应该提前就所有事情达成一致，我们应该准备好议程、主题和分主题，而不是被随意的笔记所引导。他说，我们应该设置更容易记住的会议日。这样大家就不会忘记出席会议。他建议我们下次把会议挪到第2000天。我建议把会议安排在储物间。到目前为止一切都很顺利。除了有一次我忘了开会，但那是我们只有两个人的时候。

拉尔夫坚持这样的想法。他说，他不确定我是否理解了我们被赋予的任务范围。我和其他人都没有真正理解，我们必须照顾外面的世界。我说，也许我们明白这一点，但我不认为我们能用议程和会议日期后面的零来解决问题。我说，日程安排、会议准备和杯子里的纸条都不是解决问题的办法。但他说，如果项目想要获得动力，就需要一个更坚实的框架。我们必须有目标、里程碑和连续性。

我声称，我自己更相信机会和激情，必须随时随地采取行动。我开始谈论热情，谈论抓住时机、抓住好主意之类的东西。我说，我自己的热情一直都是默默地沸腾着，我的动力就像在风很小的日子里，水边的石头被海浪掀动的声音，书页翻动的声音，舒适的天气中壁炉里噼噼啪啪的声音。

我不知道自己为什么会这么说，但现在我已经走上了这条道路，所以我就继续走下去。如果参与了像他概述的那样的项目，就必须相信它。我们必须找到合适的时机。我们必须做好准备，让想法自然生长。

他说，需要帮助的人一定会为此而感激不尽。坐下来等待时机，倾听水边石头的声音。他说，应该先粉刷墙壁，找到合适的颜色，因为现在我们快到油漆店了，我从口袋里掏出玛丽斯写的提醒。

他说，他已经计算过了，计算过需要多少人才能启动并运行BeDaZy项目的第一个版本，也就是模拟版本。因为整个数字设备还没有准备好，但我们可以从一个较小的版本开始。他很快就会提出试运行的建议。他已经想出了几种模式，因为并不完全清楚需要怎么做。我们是否应该逐步扩大我们的行动半径，我们是否应该优先考虑某些地理区域，我们是否应该首先集中精力处理最容易预防的事件，或者反过来，我们是否应该首先处理最棘手的事件。

我说我感到很纠结，一方面他想阻止具体事件的发生，另一方面奥尔加又希望改变一些更根本的东西——关于结构，关于未来，关于18日之后的时间。他刚才所提的，我们可以先从一个较小的版本开始的建议也并没有让我感到轻松。我感觉自己被同时向几个方向拉扯。幸运的是，我们已经到了油漆店，拉尔夫拐进了停车场后熄了火。

我们在汽车后备厢里放了四大桶白色颜料，还有一大包刷子和搅拌器，以及印有各种颜色的色卡。这条回家的路我们已经走过很多次，几乎不见汽车和行人，而且也是当地驾校学车的指定道路。于是我说，我要不还是试一下吧。他已经完全忘了刚刚建议我坐在驾驶座的事情，不过他还是同意了。我调整好后视镜，他向我简单介绍了汽车底部的踏板后悄悄地松开了手刹，让我发动了汽车。他向我解释了换挡、刹车以及平稳动作的必要性，我轻轻地把脚踩在油门上，太轻了，轻到什么也没发生。不过没过多久，我们就上路了，并且非常平稳地向家的方向驶去。

出乎我的意料，开车并不难。我问起了汽车的制动系统，因为我想起了在挪威坐车的经历。我向他讲述了我的出租车司机珍妮特，以及防止刹车锁死的系统。我说，那个系统启动时，我们的车就开始摇晃和颤抖。因为它，我们才没撞上路边的一辆蓝色大货车。就好像不仅仅是车，而是整个世界都开始颤抖。不像是时间停止了，那是另一种感觉。我说，也许更像是我想象中的时间突然开始流动的样子。

拉尔夫说，在干燥无雪的路上不用担心这个。他让我打开和关闭转向灯，他说右转、左转和直行。突然我们就到了栅栏门前，这一次大门是关着的。我想，门应该是彼得修好的。

拉尔夫让我把车停在路边，然后下车输入密码。大门打开时，他又回到车里。他确认道路畅通无阻后，才让我穿过马路，从栅栏门驶入。

晚上，我们坐在客厅里，我坚持要聊汽车。玛丽斯想谈谈我们在油漆店买到的色卡，而拉尔夫则想谈谈他的系统模拟版本试运营的可能性。彼得问他是不是开始怀疑数字版无法正常工作，但拉尔夫说这主要是时间问题。他认为，我们必须准备好一个初始的版本，以防时间突然开始流动。届时我们就不会完全束手无策，所以我们开始回到讨论时间会流动的可能性。我们很少讨论这个话题，而且讨论的时间也不长。

我想是我把话题拉回到了汽车上。我坚持认为，汽车根本就不是交通工具。毕竟，我们不是在用车来保护自己。我意识到，这听起来像是因为我曾经开过一次车，就开始对汽车有各种各样的想法，但我认为我必须解释清楚我的意思。毕竟在我看来，家用轿车逐渐普及的后果，就是作为一种制度的“家庭”开始瓦解。突然间，每个家庭都必须拥有一辆汽车，一家之主掌管方向盘，母亲坐在副驾驶，孩子们在后座上自由自在地玩耍，脆弱的家庭能在它的保护下四处移动。就好像人们觉得只要用一个金属容器把家人包裹起来，就能把家庭成员维系在一起。后来一家之主经常不在家，他必须出去上班早出晚归，但他下班时，他们就都坐进车里，没有人会再怀疑谁是一家之主。但那个时候一切都已经太晚了，家庭制度正在发生变化，很快一切都分崩离析。

我看到没有人真正理解我的意思，所以现在我开始谈论我们周围那些可以被称之为“汽车”的东西。我们都有一种要坐在自己“汽车”里的冲动，就像一个人被包裹在一个胶囊里。这不是一回事吗？我们今天在做什么——我们本来是没有联系的，我们坐在那里，躁动不安，是没有方向的一个个独立的人。我们面临自我崩溃的危险，然后每个人都需要一辆车，一辆叫作自我的汽车。这辆汽车的外壳虽然薄薄的，但仍然是一个外壳。它是对自己身份有疑虑的人们的工具，而这些人需要比内心更坚实的保护。在我看来，人们认为汽车是一种交通工具，但赋予汽车意义的根本不是发动机。因为仅仅是这样的话，有的人就不会愿意接受拥有汽车所带来的麻烦——成本、事故或伤亡的风险、无休止的交通堵塞、停车问题以及去找汽修师保养。如果只是为了交通，有些人不会让自己承受这些。我说，这些人需要的是车身，而不是发动机，发动机只是一个借口。他们说他们需要汽车从一个地方到另一个地方，实际上，他们需要它来维持自己的生活。

现在，每个人对汽车都有自己的看法。索尼娅认为，不想开车的人是那些不想对自己生活负责的人，也许是为自己，也许是为家人。如果我对家庭用车的看法是正确的话。

罗西表示抗议，她说索尼娅是认真的吗？在索尼娅看来，公路上开车的人是有责任心的人，而人行道和自行车道上的却是对自己生命不负责任的人。这不是与事实反过来了吗？索尼娅是不是认为，在汽车发明之前，世界历史上的那么多人都是没有方向感和不负责任的？司机不就只是一个想去某个地方的人吗？怎么就变成对自己生活负责的人了？难道开车的人不更像是穿上盔甲之后自我膨胀的潜在杀人犯吗？难道那就是所谓的对自己或者家人负责吗？

亨利不太明白其中的矛盾。他说，我们只是习惯于用交通工具来维系社会中脆弱的系统，我们用它们来保护一些正在崩溃的东西。然后，我们开始讨论我究竟说了些什么。他说，无论如何，他必须指出我的假设缺乏经验或者证据。为什么是汽车引起了家庭制度的瓦解？那装满生活用品、手工工具和小婴儿摇篮的草原马车呢？是它们导致了移民时代的结束吗？轮船呢？那些巨型集装箱货船导致了全球货物运输和贸易的终结吗？

罗西说，你还遗漏了飞机，看看它们吧。除了从高空俯瞰世界，它们还有什么用？飞机的作用就是令人感觉自己可以身处上层。它们算是交通工具吗？也许更多的是一种手段而已，让人们认为有人永远有权从高处俯瞰世界。有多少人坐飞机是因为喜欢或者有必要？并不多。大多数人只是为了巩固自己的地位——公司派人去展示自己的logo（标志），研究人员去参加会议，行政人员去开会，然后做决定，但这和待在家里做出的决定有什么不同吗？还有为了避免自己和孩子待在家里而失去地位的度假人员。

现在，亨利又说起了一些别的东西，但玛丽斯打断了他的发言。因为比起我们谈论的这些盒子、罐子和容器，她更愿意聊聊颜料桶和色卡。

第1945次

我们开会讨论枕头和床罩，讨论地下室和石灰。彼得对石灰很感兴趣。玛丽斯想谈谈靠垫的事，她认为房子的装饰要有格调。

会议开始时，拉尔夫曾建议我们更新会议结构，他还对一套新规则进行了概述，但与会者对此并不感兴趣。大多数人更倾向于沿用我们只有四个人时的做法，或者做一些调整。安东说，也许我们应该只讨论一个话题。亨利认为两个话题比较合适，但要在会议之前提前选好，这样我们可以做好准备。罗西则认为，如果我们不知道该谈论什么，如果生活中的每个角落都可以成为整个会议的其中一个话题，那么我们对周围世界的认知就会更加敏锐。索尼娅希望把会议改到一个更容易记住的日子。她想，尾数为零的数字一般都会代表一个阶段的结束和开始。她肯定跟拉尔夫聊过这件事，但安东建议我们引入特殊的庆祝日，比如在整十日或整百日。彼得热情地为当天的会议提出了一个额外的话题——规划未来的聚会和庆祝活动。他说完后，大家沉默了片刻，因为事情就是这样——我们的未来就在11月18日，没有任何其他前景。我们不妨着手计划未来的聚会和庆祝活动。

罗西说，如果要把这个当成一个特别的话题，彼得就必须在下次会议上提出来。她拿着有缺口的杯子，准备抽出当天会议的话题。第一个议题是彼得自己提出的，即翻新地下室，这个项目他已经开始了，并希望得到帮助。下一个议题是按照玛丽斯的建议，把房子装饰得更有格调。

我们讨论了罗西是否事先得到了指示，以及杯子里的纸条是否贴了标签，但玛丽斯和彼得都否认了这一点。讨论结束之后，我们就进入了第一个话题。这并没有花太多时间，因为彼得想要的只是一个工作计划，这样他就知道该找谁帮忙，以及需要一两个志愿者来调查如何解决地下室墙壁粉刷的问题。拉尔夫和我答应去研究一下。我们知道去油漆店的路，在那里也许能找到答案。而拉尔夫则认为，如果我想开车的话，还需要再上一堂驾驶课。

讨论玛丽斯放在杯子里的那个话题花了一点儿时间。首先，我们必须弄清楚玛丽斯所说的格调是什么意思。我担心她已经准备好去设计商店和阅读室内设计杂志了，她想要新的靠垫、漂亮的布料和优雅的沙发，但这些都不能容忍碎屑或酒的存在。

但她并不是这样想的。她在地下室发现了窗帘，她想把它们缝成床罩、垫子和套子，用来装饰破旧的沙发。她在二手商店里找到了碎布、锦缎和旧舞会礼服，她和安东一起计划，一旦彼得完成装修，就在地下室的一个房间里设立缝纫室，在另一个房间里设立家具工作室。她注意到，我们每个人都有一些快穿破的衣服，但我们不想扔掉，因为这些衣服已经陪伴我们很久了，而且保留旧衣服比买新衣服更容易。她想，我们的旧衣服可以重获新生。有些可以重新缝制，剩下的可以用来做成毯子和垫子。她提出了几个想法。她的想法很全面，她买了一台缝纫机，并用新材料和从旧货店买来的布料，还有自己衣柜里剩下的布料试缝过，她还观察到，旧布料——尤其是那些我们随身穿了很长时间的布料——可以帮助其他布料留在我们身上。此外，手工缝制比机器缝制更稳定，她确信，精心缝制和利用家中现有的一切可以让我们的世界更加稳定。她说，晚上坐在客厅里，可以做很多事情。我们可以坐在那里，把我们的过去缝在一起，我们自己经历的一切都会以新的方式汇聚在一起。

亨利不确定自己是否愿意坐在那里，还要用别人的旧衣服缝床罩。不过，他觉得花几天时间把东西留下来也不是什么大问题，而拉尔夫则认为这会占用我们太多的时间。他坚持说，必须有人能参与他的项目，因为要在合理的时间内完成它需要很多工时，但玛丽斯认为这不是问题。她说，事实上，针线活儿有助于思考和讨论重要的话题。

很明显，拉尔夫认为我们应该多考虑为18日之后做好准备，但我们大多数人都认为没有任何紧迫性，我们很难为自己认为不会发生的事情做好准备。

当我们讨论完这两个话题后，拉尔夫指出，我们还有时间讨论他的项目中最紧迫的几个问题，但现在罗西建议把杯子里的所有纸条都贴在厨房里一个专门的告示板上。这样，我们就能在会议间隙想起所有话题，因为没有什么能阻止我们谈论其他话题。然后我们可以看看是否有人在杯子里放了更多的纸条，以增加在会议上引出某个话题的可能性。她说着，展开了不是一张而是两张纸条，上面用同样的字体写着拉尔夫项目的会议提案。

拉尔夫说，或者可以在纸条上做小记号。他坐在那里，挥舞着写有当天主题的两张小纸条，手指在纸上摸索着。两张纸条的背面分别打了一个小孔，能看到，也能摸到。一张用英语写着“Pillows and bedcovers”①，另一张用德语写着“Keller und Kreide”②，两张纸上的字母“i”上的“点”都被打了孔。拉尔夫说，为了有个“点”，彼得就用德语来写，真奇怪。他说，如果用英语写的话就会是“Cellars and chalk”③，就不会有这个“点”，但其实正确的德语写法应该是“Keller und Kalk”④。毕竟人不能用粉笔刷墙。我说，其实他可以用英语写“whitewash and paint”⑤，这样就有两个“点”，罗西就可以打孔了。安东认为，我们应该听从罗西的建议，在厨房里放一块告示板，把会议

---

① 意为“枕头和床罩”。

② 意为“地下室和粉笔”。

③ 意为“地下室和粉笔”。

④ 意为“地下室和石灰”。

⑤ 意为“石灰和油漆”。

上提出的所有建议都贴在上面。这样就不会有人觉得被忽视了。

我不知道告示板是否得到了批准，但我想是的，因为拉尔夫和罗西一起在点头。玛丽斯把这个项目列入了我们的待办事项清单，亨利没有提出抗议，一直没怎么说话的契妮和奥尔加互相使了个眼色，我不太明白，但看起来她们很享受。塔拉呢？在其他人继续讨论时，她走进了厨房，烧了一壶水泡茶，又从橱柜里拿了几个杯子。

等待水沸腾的过程中，我努力回忆会议中这些不同与会者说过的话。大家都希望我写下我们所做的事情，或者至少是家里发生的部分事情，或者至少是最重要的事情。他们认为我写的比实际说的多，但我总有什么也不写的时候——或许只是写一两张便条。但我可以留意到很多事情，我记得住很多事情。

第1971次

这不仅仅是因为我们住在一起，不仅仅是因为房子和共用的冰箱，不仅仅是贴着我们建议的告示板，不仅仅是玻璃温室里的清晨，也不仅仅是灰色的灯光将我们的房间环绕在一起，更不仅仅是我们的交流，我们所有的短语，以及我们彼此联结的方式。

这也是我们与事物联系的方式。在地下室待了一天后，我们头发上沾了油漆。与室内装饰针和布料打交道之后，我们手指酸痛，长了老茧。家具已经被剥了外皮，罗西和安东已经开始重新装潢。沙发和扶手椅裸露在外，有些被翻转过来，躺在地板上，周围放着弹簧和亚麻布。软垫已经不见了。保护罩被拆掉，旧的针织装饰物被小心翼翼地剥下。有麻布、帆布和让人咳嗽的棉花，有窗帘拉绳、饰边和布满灰尘的花饰。用钳子拧出长长的装饰钉，再用剪线钳剪掉。扶手和椅子腿被拆下，清洗并打磨。这些都是契妮淘来的小桌子，她对它们进行打磨、上漆和清漆。

亨利加入了家具工作室的工作。他开始打磨、上色、整理模子和桌子腿。我想，他开始感到被冷落了。无休止地购买和搬运食物，他的所有觅食行为，都成了一种孤独的职业。并不是没有人愿意加入他的行列，但他通常就这样离开了。他说，这是他与屋外世界最后残存的联系，独自站在市场或仓库里。他试图解释他想拯救那些疲惫不堪的蔬菜，不让它们被丢弃，或者不让那些袋子、盒子和罐子被扔掉。所有剩下的东西——卖不出去的货物、剩余的存货。他觉得我们生活在一个受保护的世界里。而在那里，在市场的蔬菜杂货店前，在堆满滞销货物的仓库里，在进口商的小前台办公室里，在摆放着过量牛奶和酸奶的冷藏室里，他说，在那里，他能感受到与另一个世界的微弱联系。也许这就是他想单干的原因，站在迷失的世界中与之谈判。

不在厨房工作时，奥尔加开始帮彼得打理地下室的房间。我们在地下室最大的一个房间里设立了缝纫室，并对其进行了粉刷。几天后，室内装潢工作室也已启用。现在，下一个房间正在整修，而玛丽斯和索尼娅已经开始在缝纫室工作。玛丽斯负责设计，索尼娅负责缝纫，我经常帮忙裁剪布料或熨烫、折叠和缝合。她们缝制的东西不仅仅是床罩和靠垫，因为一旦开始，她们就停不下来。她们还为有需求的人缝制衣服——用捡来的布料缝制裙子、衬衫、短裙和包包。她们在桌布上剪洞，缝制茶巾，做锅垫和茶杯套，做成我们家里需要的任何东西。

晚上，契妮经常会把她的一张桌子搬到客厅，我们坐在那里，一起动手剪裁、缝纫，或者给东西上漆，谈论我们看到的事情，谈论我们可能需要防备的事件，而拉尔夫通常会在一旁记录下所有出错的地方。

第2028次

我们有足够的空间容纳更多的人，我们人数越来越多，我们也有足够的家具供更多的人使用。房子地下室的房间似乎往上渗透开来。家具是新打理的，厚重的窗帘变成了坐垫和床罩。我们储藏室里的架子空空如也。盒子和袋子不见了。西红柿罐头吃光了——切碎的且加了罗勒[①]或辣椒的那种。酒窖几乎空空如也，甚至连胡萝卜和豌豆

① 唇形科。一年生芳香草本。茎、叶可提取芳香油。

的旧罐头也不见了。底部有一圈圈黄色痕迹的纸箱空了。尽管日期难以辨认，但我们还没有人生病。最后一罐香肠也不见了。这罐香肠在餐桌上传递了好几次，但最后都不见了。

有时，当奥尔加、彼得或契妮在厨房忙碌时，当他们烘烤、酿制、烘干和炖煮多余的水果或蔬菜时，杯子和罐子就会从另一边“流动”过来，但这种情况不会持续太久。很快，这些杯子和罐子就又往上“流动”而去。那些从外面世界搬进来的箱子，很少能完整“走”到厨房后面的储藏室的。

这是一种平衡。奥尔加负责记账，亨利负责管理食宿，我经常和他一起外出采购。我们不得不去更远的地方，因为距离最近的仓库已经空了，而我们需要采购更多东西。我们找到了几家小型进口商铺，买到了加泰罗尼亚[①]美食和意大利面制品。我们拜访有物流问题的批发商和制造商，我们可以利用其中的大部分商家。我们带回一箱箱即将被销毁的汤料和调味汁、一袋袋大米或面粉。我们什么都需要。现在我们人数变多了，我们把箱子搬到走

① 西班牙濒临地中海的一个自治区。

廊里，我劈柴，把它们堆放在小屋里。

壁炉房的地板上放着一些坐垫，是玛丽斯和索尼娅缝制的。现在，大多数床上都铺上了床罩。如果有新住户入住，几天才能缝好一条毯子的情况已经很少出现。我们把装潢后的废料重新利用，把衣服裁剪成新的形状，把自己缝进房子的材料里，把故事折叠在一起。相互渗透的不仅仅是我们的动作，还有我们对彼此的模仿和镜像，还有我们坐在沙发上的方式。不仅仅是早餐桌上的问答，也不仅仅是我们与事物之间的持续联系，还有我们在地下室里共同完成的手工艺品，那些被带回、搬运、切碎、掰开并成为食物的原材料，以及那些散落在房子各处的家具。最奇怪的地方摆放着新刷了油漆的桌子。原本黑暗的角落被老式台灯照亮，这些台灯或锈迹斑斑，或经过精心打磨，灯罩是旧布料做的，被最初的居民的香烟烟雾浸染到变成棕色，窗帘和灯罩里还残留着人们的气息。

这是一座开放的房子。世界从它的缝隙中飞进来，像雨或雪一样沉淀在房间里，仿佛除了灰蒙蒙的天空之外，这里还有其他天气，就像四季在更迭一般——有落叶和降雪。人们换下破旧的衣物，家具换装，长凳脱漆，然后是厨房里的沙发，浴室里的扶手椅，窗下的长凳，都铺上了新的垫子，换上了新的颜色，散发出春天般的亮光。

新入住的人络绎不绝地来到这里。或独自一人，或三五成群，或成群结队，冬天从北方聚集而来，夏天从南方蜂拥而至。我把他们当作天气，当作风或雪。如果大门紧闭，他们就会按门铃；如果大门开着，他们就会沿着车道来敲房门。他们在进进出出的路上与人相遇，新来的人把外套挂在走廊上，脱掉鞋子，或者在垫子上擦干脚。

现在我们不只是契妮来了之后的那十个人了。现在有伦克·哈蒙和卡尔娜·耶里，还有艾莎·克莱因、玛蒂娜·帕兰和成田·哈丁。托娜·格拉内克和马克·皮隆是骑自行车来的，入住后他们开始收集自行车并进行翻新，这样他们就可以在没有汽车的情况下随时出行。这是米莉·阿克莫尔、阿德里亚诺·里希特和萨拉·特伦特。这是诺曼·恩瑟和西娅·桑德，尽管他们彼此认识，但还是各自开着汽车前来。我希望下一次会议能讨论车辆问题，因为现在我们有六辆车，但只有两辆能用。要修好这些车很难，因为维修工作经常在夜间进行。拉尔夫的车修好后，他还能睡在车里，所以车还能开。西娅是在遇到诺曼前不久买的车。要让车留下来很不容易。她和诺曼在车里度过了几个星期，他们睡在车里，从一个地方到另一个地方，车停在车库时也睡在车里。她认为如果东西太重，这件东西就很难留下来。但我想了想房子里那些沉重的家具，我说，让它们留下来比让一个咖啡机留下来更容易。我们需要家具，而汽车只是停在那里占地方。拉尔夫说，如果我们人数越来越多，我希望他们来的时候不开车，或者下次来个汽修师，但那也没用，汽车的问题太复杂了，并不是偶尔更换一个零部件就能解决的。

但拉尔夫说，他想找个汽修师。他还想找其他人，他仍然需要帮助。他在自己位于亨塞尔大街的家门上贴了一张告示，以便在不来梅寻找他的人可以找到他。有几次，告示不见了，但每次拉尔夫都会重新贴上，而我们的大多数新住户都是通过亨塞尔大街来到这里的，然后他们就会突然出现在这里。我不知道拉尔夫是否又去张贴了几张海报，但后来他承认是他在汉堡张贴了海报。好像他在自己找自己似的。我们在拉尔夫的公寓见面时，亨利已经把剩下的海报带到了不来梅。亨利和我在杜塞尔多夫时，拉尔夫又去张贴了更多的海报。他希望有更多的助手，他们正陆续到来，有的单独来，有的成群结队。现在栅栏门通常是开着的。有时奥尔加会把门关上。但把拉尔夫的海报从亨塞尔大街公寓挪走的并不是她，可能是风，也可能是我。

第2046次

我们开了个会，讨论芽苗和能生长的东西。想谈这个问题的是安东和艾莎，因为他们说发现了一些可怕的东西。换言之，不是可怕，而是很奇怪，或者说是令人惊讶。

让他们大吃一惊的是一些土豆。亨利在市场上买了几盒土豆，大部分都被我们吃掉了，但有一盒土豆被遗忘在厨房的橱柜里。安东和艾莎在清理橱柜时，发现了这些土豆——有点儿皱巴巴的，长着短短的、苍白的芽。

安东认为，从原理上讲，植物是不可能在18日里持续生长的，而且我们以前也没有人经历过，就连我们中的生物学家也认为这说不通。彼得说，如果他见过这样生长的东西，他一定会注意到的。契妮认为，这一定是土豆的特殊属性使它们能够克服一天的停顿。它们能够自己开始生长，不需要水或光照，而且几乎不受季节的影响。

举行这次会议时，距离他们发现这个情况已经过去了十天或十一天。艾莎住在厨房后面的一个房间里，她把土豆拿出来，放在一个盘子里，保持湿润。过了几天，土豆明显还在继续生长，她就从花园里取了一些土，装进她在车库边的小屋里找到的几个大花盆里，然后把土豆种在了花盆里。昨天，我们在玻璃温室的大桌子旁开会时，桌子中央一长排摆放着七个大花盆，旁边是那个有缺口的杯子，里面有建议在我们会议上讨论的话题。虽然我们讨论了杯子里的话题，其他话题也贴在了厨房的告示板上，但会议的大部分时间还是在谈论那七个花盆。现在，每个花盆中间都有着深绿色的、歪歪扭扭的小土豆苗。

究竟是什么原因导致它们生长，我们无法达成一致。我们谈到了拉尔夫厨房橱柜里变成灰色的巧克力，谈到了我和亨利在杜塞尔多夫同住时，一袋旧大米里可能长出也可能没有长出的小虫子。我们谈到了日子里的不规则现象，以及在11月18日种植一个花园的可能性。契妮认为，我们应该仔细研究一下生物过程。是只有像土豆这样的特定植物才能生长，还是存在更大的可能性？她想参与调查。

玛丽斯认为，这件事的神秘性被夸大了。毕竟，如果可以通过穿几天衣服来防止衣服消失，如果可以通过手工精心缝制锦缎布料，并将其附着在已经进入我们这个时间的材料上，让它一直保持缝制后的样子，那么不也应该可以让土豆发芽吗？海报的留存或消失，图书馆书籍的留存或归还，取决于人们如何对待它们。她说，如果世界可以这样训练、哄骗或被说服，我们难道不应该将生物学规律付诸实践吗？难道满屋子的人都不能让一株土豆苗开始生长吗？她确信，发挥作用的是越来越多的住客，是我们的午夜谈话，是厨房的酿制和烹饪，以及有人突然决定深夜和大家一起大吃一顿。是因为我们这么多人的存在，土豆才开始生长的。或许我们就当是在打发时间，大家一起观察。

索尼娅连忙建议我们进一步研究。小规模的蔬菜生产将是一个好主意——从种子里培育出嫩芽和嫩枝。如果可以实现的话，我们不就能吃到新鲜的食物了吗？

艾莎开始幻想把小河边的整片草坪变成菜园的可能性。但契妮坚持说，如果有可能的话，草早就开始长了，至少能长一点点。但是草长得就像11月灰蒙蒙天气里的草一样，非常稀疏。如果可能的话，我们就需要修剪草坪了。即使我们有了更多的人，也不可能做到这一点。对于放在柴房角落里的割草机来说，这是幸运的，因为没有人会去启动它。

当然，在一天结束时停止生长的不仅仅是草，因为无论我们如何努力寻找，都找不到任何动物或植物跟随我们的时间生长的例子。但我们的头发和指甲在生长，就好像时间已经过去了一样。我们中的许多人坚持认为，如果照照镜子，我们可以看到比以前更多的皱纹。但是，我们家附近的土豆并没有提前发芽，我确信克利希苏布瓦的苹果树和维森威格的欧楂树都没有改变。果子从树上掉下来的时候，我偶尔会吃上一个，但当我什么都不做的时候，这些树每天都和前一天一模一样。我看到花园里的韭葱从一排排韭葱中消失了，但我没有看到任何东西在生长。这一点我非常确信。

奥尔加说，也许我们人太多了。契妮说，或者是足够多了，足够让世界开始成长。然后我们开始讨论所有我们希望可以种植的东西，过了一会儿，我们就杯子里的两个话题进行了有史以来最短的会议——一个是我们在地下室发现的旧灯泡的使用问题和我们可能过度用电的问题，另一个是旧信用卡的问题。根据大家的意愿，我们写了一份发芽方案试验清单。我们并没有谈论汽车或我们的健康问题，虽然这是索尼娅多次建议的。不过厨房的告示板上贴满了白色的纸条，我们有很多机会在会议之外谈论这一切。

会议结束后，契妮和艾莎带着亨利去买植物和种子。她们一回来，就泡好了第一批试验的种子。从种子店回来的路上，她们去了一家苗圃店，因为艾莎有一个想法——我们可以自己种水果。她想，现在，也就是11月份，如果种上柑橘树，大概果实是可以逐渐成熟的。

他们带着五棵树回到玻璃温室。有的树上已经结了小果实，即将在我们的陪伴下继续成长。还有几棵树上长出了花蕾，艾莎确信它们很快就会开花。我们几个人——也许这样想有点儿乐观——希望早上起床时能闻到柑橘的香味。当然，什么也没发生，什么花都没开。我想，柑橘树不可能在11月份开花。

第2092次

艾莎认为我们应该有耐心。我们知道，我们的种子可以发芽，我们的芽可以生长。现在我们要求的不再是这些，不再是草坪，不再是橘子花或柠檬花，因为草已经发黄，我们不可能让它再继续生长，玻璃温室里的树也没有任何变化。索尼娅再次把鼻子探进柠檬树的树冠时，彼得说，人要学会知足。树上还有一些小芽，它们没有枯萎，也没有脱落，和刚买回来相比，什么都没有发生。

索尼娅瞥了彼得一眼说，是的，人要学会知足。她从树上摘下一片叶子，掰成两半，嗅了嗅叶子的边缘。彼得什么也没说。我希望他们没有闹别扭，因为我们需要家里所有人的爱。我是说，如果想保持对爱的信念的话。因为尽管听到他们在11月18日找到的幸福时，我会感到失落或悲伤，但我想象不出比这一切分崩离析更糟糕的事情了。那样的话我就不知道该相信什么了。

第2172次

昨晚让娜·弗拉伊松和皮娅·卡尔列维奇来到了这里。她俩没开车，但兴致很高。她们曾多次路过这里，但都没有进来，尽管栅栏门一直开着，就在昨晚，当她们决定靠近时，栅栏门却是锁着的。

她们按了三声短铃，然后是一声长铃。先是这样按了一次，紧接着又是第二次，直到人们急忙跑出来，发现了两个女人，一个人拿着一个几乎空了的香槟酒瓶，另一个人拿着一个未开封的香槟酒瓶，并在栅栏门前挥舞着。

我们立刻开了门，好让她们进来。她们有点儿担心，因为只带了一瓶酒，怕我们人太多不够喝。我们解决了这个问题，从地下室拿了几瓶酒。因为奥尔加之前从地下室后面房间的一个特殊角落里拿来了补给品，那里有几个装香槟酒的木箱。晚些时候，我们又去多拿了几瓶。

奥尔加带让娜和皮娅参观了地下室——缝纫室和室内装潢工作室，现在我们已经不怎么使用地下室了，因为房子里不缺家具，那个房间经常被用作自行车工作室。她俩还看到了洗衣房、晾衣房、几乎空空如也的举重室，以及即将空空如也的酒窖。地下室的房间里已经没有多少过去的东西了，现在只有几个放着旧档案的房间，我们还没有清空。

当晚，我们向房子里的大多数住户介绍了皮娅和让娜，她们对我们的人数之多感到惊讶。她们在房子里看到过人，也注意到我们点着蜡烛，来来往往，没有固定的模式，但她们没想到房子里会有这么多人。她们一起从地下室取来用品，并开始计算我们总共有多少人时，奥尔加说，我们认识的人更多。拉尔夫说，也许这只是个开始，未来让我们拭目以待。

皮娅和让娜建议，我们可以把地下室的房间整理一下，以便用作卧室。如果我们允许她们住在这里，她们愿意帮忙。我们当然愿意。我们之中经常有人旅行，最近彼得和索尼娅离开了，诺曼·恩瑟搬进了他们的房间。

奥尔加注意到，邻近的几栋房子都空无一人。虽然晚上窗户都亮着灯，但始终看不到人影。起初，她以为这是11月18日的规律，因为她可以从亮着灯的窗户中看到——有人在晚上开灯然后关灯，但没有人在家，只有一个时钟负责何时迎来黑暗和光明。她意识到，灯会定时亮起。她说，没人会这么做，比如看了看时钟，发现现在正好是晚上八点，所以现在必须开灯。

她认为，随着我们人数的增加，我们可以接管更多的房屋。她说，这些房子很容易找到，而且数量很多。只需要寻找有光亮的地方就好了。皮娅说，这就是有钱的好处，他们有很多空房子。奥尔加说，房主不用的时候，就是我们的了，就连酒窖也是。反正它们只是无用地闲置在那里，等待19日，或者20日。

第2237次

丹尼尔·雷玛是一个人来的。他比让娜和皮娅晚几十天到的，一大早就来了，所以除了我没有其他人出来迎接他。当时我起了床，把奥尔加的面包放进烤箱。她已经不经常烤面包了，但有人想吃她早上做的面包，说起那酥脆的口感和完美的面包皮，她还是会被说服。那天早上，冰箱里有三盘面包，差不多有四十个圆面包正准备进烤箱。

我把前两盘放了进去，快放完的时候，我听到对讲机里传来一阵轻微的刺啦声。有人按了两下。我走到门边，看到大门是关着的。我打开门，朝大门走去，他就在那里，丹尼尔。很明显，他觉得很冷。我不知道他在哪里睡的，可能是在火车上，因为他是当天早上到达不来梅的。

我给他打开了栅栏门，然后我们急匆匆地向房子跑去。他不明白我们为什么要跑，但还是跟着我进了屋。直到我从烤箱里拿出两盘圆面包，他才明白过来。上面那盘圆面包颜色有点儿深，几乎烤焦了，下面那盘的颜色有点儿浅。丹尼尔饿了，所以他吃了两个圆面包，吃的是颜色最深的。他甚至还没告诉我他从哪里来，是怎么找到我们的。

我急忙把几个卖相最好的圆面包放在盘子里，端到奥尔加的房间。丹尼尔问我是不是这家人的母亲。我说，应该不能这么说，但我总觉得我必须特别照顾奥尔加。她经常忘记吃早餐。

我想，丹尼尔一定比我们大多数人都年轻。很快我就发现他比奥尔加和罗西都大，因为当他的时间停止时，他已经二十多岁了，但他看起来很年轻。他有点儿犹豫，也许还有点儿害羞，但这种情况并没有持续多久。我想他马上就会决定搬进来了。现在感觉他已经在这里住了很久了。

那天早上，他刚从西班牙回来。虽然厨房比其他地方暖和，但他还是很冷，于是我蹑手蹑脚地来到亨利的房间，向他借了一件毛衣。亨利醒了，但还躺在床上。我告诉他，我们家来了一位新住户。他刚从安达卢西亚①来，冻坏了。

丹尼尔穿上毛衣，又吃了两个圆面包，一个浅色的，一个颜色特别深的。我也做了同样的事。现在，我从烤箱

---

① 西班牙自治区。位于国境最南端，西南临大西洋，东南濒地中海，南隔直布罗陀海峡与非洲摩洛哥相望。

里取上层托盘取得太晚的事情已经不再那么明显了。丹尼尔帮忙准备早餐，并在面包篮里摆放了一些色调不同的面包。其他人下楼时，我们正在烤最后一盘面包，多亏了丹尼尔，这些圆面包的颜色既不会太浅，也不会太深。丹尼尔主动提出参与烘焙工作，奥尔加一出现，就高兴地把任务交给了他，也交给了契妮，因为她也立刻表示愿意伸出援手。现在，每天晚上，至少经常是这样，他们都在厨房里揉面团，早上早早起床为大家烤面包。

直到今晚，我才知道了丹尼尔是谁，或者说，他一直住在哪里。我坐在客厅壁炉边的一个坐垫上，那里很暖和，我累了，睡着了，而其他人正在谈话，我没听进去多少。偶尔我会醒来，听一会儿，然后又睡着了。突然我听到丹尼尔在谈论他住过的一所房子。

他曾经住在西班牙某处废弃的房子里，我想应该是在安达卢西亚，这一点我已经知道了，但现在他说了更多关于那栋房子的事情——他回去过几次，他突然意识到他的房子已经被别人占用了。他之前把家里的钥匙放在厨房的桌子上，关上了地下室的窗户，但只要从外面轻轻一拉就能打开。他不想随身携带钥匙，以免旅行时丢失。但至于为什么会锁上门，他也无法解释，因为没有人来。

奥尔加笑了，说是其他人也会做这种事。也许大多数人都是这样，至少塔拉会这样。我想，听到她提到我的名字，我才意识到自己一直在半睡半醒地听着。就在那一瞬间，我知道丹尼尔住在哪里了。

我听他说，他回到自己家时，地下室的窗户从里面被木板封死了。他说，只隔了几个“百日”。他是那种把“百日”挂在嘴边的人，也许是因为他觉得和亨利有一些联结，因为他从那天早上来时就穿着亨利的毛衣。他说，他家的房子门是关着的，地下室的窗户也打不开。他不想打破窗户。他担心这里有人来过，或者他们还住在那里。

晚上，他睡在花园的小棚子里，第二天早上，天一亮，他就找到了钥匙。在小棚子里的一堆砖头后面，就在他睡觉的地方旁边。

他不在家时有人住在他家，这是不可能的，除非是其他被困在了11月18日的人。起初，这只是一个令人不快的想法。他晚上锁好门并关好窗，但慢慢地，他产生了一种想找到另一个住户的冲动。他叫她“金发姑娘”[1]，因为他在浴室里发现了一个装有发胶的洗漱包，他确信那是个女人。他说，或者是个女孩。她住在他的房子里，睡在他的床上。

我说，而且坐在你的花园里，聆听夜晚的声音，有慢跑的人和老奶奶，还有嘎吱作响的楼梯。

他说，他沉迷于寻找金发姑娘。当我们被这些不可能的巧合逗笑之后，我说，那就只剩下我了。或许他自己也变成了金发姑娘，我说，我想起了烤焦的圆面包的那个情景，并试图让这一切与金发姑娘去小熊家的故事相吻合。然而，虽然他既吃了烤焦的圆面包，也吃了颜色太浅的圆面包，但是我和他都没有吃到最后一盘圆面包，也就是那盘恰到好处的圆面包，因为那时我们早就吃饱了。

我说，很奇怪，仅仅因为住在同一栋房子里，就会有这种集体感，然后我们聊起了花园里的家具，夜晚的声

---

① 指英国童话《金发姑娘和三只小熊》里的金发姑娘。金发姑娘进山采蘑菇，不小心闯进了熊屋。在偷食过三碗粥，偷坐过三把椅子，偷躺过三张床后，金发姑娘觉得不太冷也不太热的粥最好，不太大也不太小的床和椅子最舒适。后人常以金发姑娘象征“恰到好处”。——译者注

音，以及我们都买过水果和蔬菜的小市场。我们谈到了月影。不知道为什么我记得这么清楚，我曾惊讶为什么那天的月光会如此明亮。

但我们怎么能找到同一栋房子呢？他也不知道。他说，这看起来像是被遗弃的房子。被遗弃，但说不上破旧。我们的住处往往就是这样——可以居住，但无人居住，然后我们谈到了所有能让人愿意搬进去的东西。房子不能太大，也不能太小。不能离邻居太近，也不能离可以买到食物的城镇太远。周围要有一定规模的商店，这样才不会时刻被提醒我们的世界正在被掏空。这个地区不能太荒凉，也不能太拥挤，因为房子周围应该有足够的生活气息，这样就不会感到孤独，也不会觉得身处人群之中。也许我们会住到同一栋房子里并不奇怪。

第2246次

我们昨天本该开会，但我不知道是否可以说我们开过会。上次的会议因为我们忙着整理地下室的房间而取消，但现在我们说好要聚在一起，把我们的纸条放在那个有缺口的杯子里。这成了一次无所不谈的会议，因为没有人拘泥于指定话题。需要谈论一切，谈论彼此，谈论18日之前的时光，谈论实际的事情，谈论打扫厕所、垃圾和购物，谈论那些永远无法启动的汽车，我不明白我们为什么需要这些汽车。我说，也许就需要一辆。它们只会待在那里占地方。我们谈到了我们使用的词语，18日里的概念和天数。

这一天是在一片混乱中开始的。有几个人忘记了我们要开会，直到下午很晚的时候我们才聚在一起。我们东说说，西谈谈，尽管我们试图把事情组织起来，让发言者排成一排，发表简短的讲话，但这是不可能的。就连奥尔加都坚持要求大家必须紧扣当天的主题。但这是不可能的，因为每个人都对我们最初拿出来的两个主题提出了修改和补充意见。最后我们把有缺口的杯子里的东西都倒在了桌子上，包括那枚古罗马硬币，并谈论了这一切。

许多人认为，我们缺乏共识。就是说，我们有足够的词语，这些词在屋子里飘来飘去，但并不精确。我们没有概念的事情太多了，但很难达成一致，在找到确切的词语之前，我们必须无所不谈，长篇大论，而且需要和彼此交流。显然是这样。

最后，我们决定今天再开一次会。不仅因为一切都太混乱了，还因为吉塔·克雷斯和她那一行人出现了，或者说是其中的一部分人。因为来参加会议的有9个人，但他们大概有16个人。他们从列日[①]来，住在一个废弃的大学校园里，他们听说过我们，因为托娜和马克曾去列日拜访过他们。

那时实际上是马克和托娜在去巴黎的路上，骑自行车去的。后来他们去了科隆，看到了我们的海报，并因此产生了疑虑。起初，他们打算继续向巴黎进发，但他们无法摆脱这样的念头——除了他们自己，还有其他人被困在了11月18日。到罗什福尔[②]时，他们一致决定改变方向，前往不来梅，转而寻找拉尔夫·克恩，或者去寻找那些正在寻找拉尔夫的人。谁知道拉尔夫是不是还活着呢?

途中，他们决定在列日过夜，但当他们到达列日市郊时，一场大雨让他们不得不在公共汽车站的雨棚下避雨。大雨过后，他们环顾四周，发现了一个废弃的校园，相当破旧，要么正在翻修，要么正在拆除，要么两者兼而有

---

① 比利时东部港口城市。

② 法国西部城市。

之。一切都被封锁起来，只有一扇栅栏门的锁被撬开了。他们悄悄溜进去，朝其中一栋楼走去，突然出现了一伙人，至少有三四个人，这伙人知道自己是谁——也许不完全知道，但他们知道自己被困在了11月18日。他们能猜到这一点，因为没有其他人从那扇栅栏门进来。

吉塔一行人出现在水坑间的碎石上，并告诉他们自己被困在了同一个11月18日。马克和托娜认为他们和那些海报有关联，但在被叫作瓦尔伯努瓦这片地区的居民从未听说过拉尔夫·克恩，对这件事也一无所知。

是吉塔·克雷斯发现了这个地方。也就是说，她在11月18日之前就知道这个地方，因为她有时会潜入这个地区，拍摄废弃建筑的照片。时间停止之后，她曾多次回到这里，并最终搬了进去。起初，她一个人住在那里，但有一天晚上，雅恩·赫拉特和查尔斯·约姆林出现了。梅特·马特森在几天后抵达，她和前面两人在此之前就已经认识了。后来，吉塔在火车上结识了简·沃斯和卡雷尔·瓦尔贝克。后来，海伦娜·伊巴特也来了，不久之后，赫拉·冷和尼尔马拉·霍尔斯特也来了。最近，又来了一大群认识的人，但他们又离开了。

托娜和马克在这里住了几天。在前往不来梅的路上，他们承诺如果找到拉尔夫·克恩，就会联系吉塔，或者是找到其他任何人。他们这样做了——找到了拉尔夫，找到了其他人，并联系了吉塔·克雷斯。

吉塔一行人正在考虑搬到这里来。无论如何，他们会来参加会议。如果他们一共有16个人，因为他们已经得出结论，他们一定是16个人——如果算上托娜和马克，则是18个人。那么，我们一共有38个人被困在了11月18日。如果我们把新来的还在路上时遇到的人也算上，如果索尼娅和彼得在米兰见到的五六个人也都被困在18日，我们的总人数就会直逼50人。但没有人认为这是最终人数，也没有人认为如果所有人都来了，玻璃温室里会有足够的空间。

今天早上，我们29个人围坐在餐桌旁。我们搬来了更多的椅子，坐在面向花园的宽大阳台上，沐浴着从天空洒下的灰暗光线。可聊的话题无穷无尽，关于决策程序和议程的建议也无穷无尽，旁枝末节及待补充的问题和各种想法更是五花八门。尽管不能说我们取得了任何进展，但我们还是设法坚持讨论了几个话题。在结束讨论时，没有人觉得我们达成了共识或澄清了问题，可至少我们把杂乱无章的想法扔进了一个共同的池子里。

这是一次关于事物名称的会议，关于用什么词来指代11月18日发生的怪事，关于找到完全合适的定义，关于语言的精确性和宽泛性。今天，那枚古罗马硬币派上了用场。在我们交流得特别激烈时，罗西建议，如果有人想同时发言，我们就用它来决定谁可以发言。但我们其实可以用骰子来代替，因为通常不止两个人想同时发言。

事情的起因是我们在讨论“百日”这个词能否表示一百天。有人问我们在这所房子里住了多久，亨利马上说大约是四个“百日”，或者如果以年为单位计算的话，大约是一年，然后讨论就开始了。在一个既没有年也没有季节的时间里，如何计算天数？在既没有周也没有月的情况下，如何划分天数？

我讲了当时亨利和我刚开始探讨“百日”的故事——我们有了一种新的工具来理解日子。有了这把剪刀，我们可以把时间剪成一大块一大块的，我们可以突然在时间上进行长距离的跳跃，把许多日子汇聚成一个个时间段，然后把自己投入对遥远未来的想象中，仿佛我们在这里停留，仿佛这是一个我们可以分享的时代。如果日子不断重复，两个“百日”后我们会在哪里？三个“百日”后呢？我们想从未来得到什么？我们何时才会重逢？

索尼娅认为，“天”和“百日”都可以，但我们需要一个更小的单位来做日常计划。她建议我们也许可以引入“decier”[①]或“decimer”[②]这两个词——都可以用来表示十天，而且是一个易于管理的单位。例如，如果需要分配家务，比如关于谁负责打扫浴室、做饭或拖地板，十天看起来是个合适的轮值周期。十天是可以应付的。玛蒂娜·帕兰表示，或者五天，十天是两只手的手指那么多的天数，但有没有更小的单位呢？最枯燥的那些家务可以以五天为周期，是一只手的手指那么多的天数。然后，我们可以把这些时间段称为“十日”和“五日”[③]。简·沃斯说，我们可以按照“十日”安排各类工作的轮值，对于没人想做的工作就可以按照“五日”轮值。然后我们开始讨论哪些工作属于哪一类，但那是完全不同的讨论。来自瓦尔伯努瓦的居民有不同的时间观念。他们没有那么多日常生活中的小任务，因为他们正在对建筑物进行大规模翻修。简说，重要的是，我们的时间段可以适应许多不同的生活状况。

艾莎·克莱因认为我们需要给日子命名。她一直坚持

---

① 十日 deci，复数为 decier。

② 十日 decim，复数为 decimer。

③ 五日 pentan，复数为 pentaner。

自己的星期概念。她曾计算过七天，并坚持使用星期的名称，但随着时间的推移，这越来越麻烦，遇到玛蒂娜和成田时，她就完全停止了这样的做法。艾莎认为，如果我们要引入“五日”和“十日”这样的短期时间表述，我们也应该给各个日子起新的名字。否则，我们就无法知道一个“五日”或“十日”什么时候过去，一个新的“五日”或“十日”什么时候开始。她想，这种命名将是一项艰巨的任务。不仅要想出名字，还要达成一致。她想参与其中。

有人认为，我们需要一个更大的时间框架来描述18日的生活。对应着一年或更长的时间。我们需要以一种方式来捕捉这种感觉，即日子正在让我们变老。人不会因为过了一个“百日”而变老，或者说不会真的变老，但大多数人都觉得随着时间的流逝他们在变老。许多人试着数年，但如果没有季节或其他变化来适应，就很难做到。日子都是一样的，没有什么可以让一年结束或新的一年开始。有些人认为，下一个单位可以称为“千日”[1]，我们已经进入了第三个“千日”。这一点可以感觉得到：年龄，一种被时间塑造的感觉。时间不仅在我们的记忆中留下了

---

① 千日 millium，复数为 millier。

痕迹，也在我们的身体上留下了痕迹，变化不会就此消失。诸如此类。

大多数人都认为时间是一长串的日子。艾莎说，时间就像一串珍珠。如果不拆开，就太长了，而且日子太相似了。玛丽斯说，时间像挂满夹子的晾衣绳。夹子一个接一个，排成长长的一排，时不时会有一件衣服夹在夹子里——那些发生过特殊事情的日子，那些留在记忆里的一切。亨利说，时间像是一条隧道，一条日子的隧道。梅特说，时间像是从一家酒馆到另一家酒馆，踉踉跄跄走在一条漫长的路上。她之所以认识查尔斯和雅恩，是因为他们在威尼斯去过同一家酒吧。她花了很长时间才意识到出了问题，她和她口中的男孩们被困在了同一天。

我说，我感觉自己站在井底，手里拿着一根绳子，随着时间的推移，绳子越来越长。我曾想象过，最终绳子会变得又长又重，我可以把它往上扔，然后有人会一把抓住它，把我拉到井外。我把日子比作一排栏杆——我潜心数着所有的日子，因为如果少了一天，栏杆就会不稳。那种感觉是，如果日子没有数到位，就会掉进时间的深渊。我本来还可以说说在我和托马斯之间的地板上越积越多的日子，或者时间容器里的日子，一次又一次地坠入18日。伦克·哈蒙不耐烦地说，我们需要的不是这些画面，我们需要的是用确切的文字来记录日子。我们需要计量单位以及可控的时间范围和精确的概念。大多数人都觉得使用“百日”或“十日”这种概念很困难，更不用说“五日”或“千日”了。这听起来很奇怪。应该选择哪种形式的词语，使用哪种语言，才能让我们自己感到宾至如归？我们试了又试，我们品尝了这些词语，模拟了词尾、发音和复数，但我们无法就最自然的形式达成一致，因为我们的这些称呼并不符合自然规律。

伦克建议说，也许我们应该抓住这个机会，剔除所有经典的残骸，想出新的名称。他认为目前大家提议的名字过于传统，但这导致大家提出了许多奇怪的建议，以至于罗西建议我们换个话题。我不知道我们是否换了话题，因为现在我们开始讨论为什么给新现象命名比给已知现象重新命名更容易。人们总是不断地取名字，为新生儿、公司以及商品、船只、道路和房屋。

彼得说，或者为新项目。他指的是BeDaZy项目，因为只要拉尔夫解释清楚这个名字的含义，没人会对他自创的名字有意见。诚然，当他第一次向我们介绍这个名字时，奥尔加好像被逗笑了。我们也不知道怎么发音，但现在我们说起BeDaZy，就好像它不可能有其他名字一样。有次彼得说这个项目的名字是个首字母缩略词，立刻就被纠正了。伦克坚持说，这肯定是一个音节缩写。他说，事物都有名称。首字母缩略词就是首字母缩略词，缩写就是缩写，然后我们就可以讨论这个话题，直到我们突然发现了真正的首字母缩略词的例子，就像伦克所说的那样。现在有人想要为我们来自的世界——我们被困在18日之前的生活——命名。例如，“TOL”，是英语“另一种生活”[①]的缩写。吉塔建议用“DAL”，即德语“另一种生活”[②]的缩写，但亨利不喜欢。

瓦尔伯努瓦的一位居民建议，我们可以把被困在18日之前的时间称为“La vie avant”[③]，把被困在18日之后的时间称为“La vie maintenant”[④]，这样我们就可以讨论“LaViA”和“LaViM”这两个词，然后我们又开始讨论首字母缩略词和音节缩写的区别。直到吉塔小组的其他人说，我们还需要讨论走出18日之后的时间，即“La vie

① 英语，The Other Life。
② 德语，Das Andere Leben。
③ 法语，意为“过往的生活”。
④ 法语，意为“当下的生活”。

après"[①]，但它的缩写也是"LaViA"，这样就可能会出现混淆。当然，除非我们期望两者是完全相同的——告别被困在18日的生活后，我们回到的那个世界与之前的世界是一样的。这样，它们就可以被称为同一件事了。

玛丽斯说，就像启明星和长庚星[②]一样，然后她不得不解释说——这是同一颗星星，或者说，这只是在两个不同时间看到的金星而已。我和玛丽斯立刻开始幻想巴比伦天文学家发现这两颗星星是同一颗时是怎样的情景。他们是在观察星星和地平线时发现的，还是在进行计算和测量时发现的？玛丽斯说，假设是天文学家发现了这一点，也许这是他们依靠已经掌握的知识计算出来的。但假设是水手、牧羊人、旅行者和其他需要经常在星空下度过夜晚的人发现的，那他们就应该一直知道那就是同一颗星星。或许只有天文学家才需要特意去发现它。然后，我们突然沿着两条轨道前进——有人想讨论有朝一日能回到我们离开的正常时间的可能性，有人想讨论巴比伦人对星空的洞察

① 法语，意为"以后的生活"。

② 即"金星（Venus）"，早晨出现在东方天空时叫作"启明星（Phosphorus）"，晚上出现在西方天空时叫作"长庚星（Hesperus）"。

力。后者是在厨房里进行的，因为玛丽斯和我出来买牛至咸香饼干了。之前仓库里只剩下几盒了，而且亨利还去过好几次。现在仓库里已经找不到饼干或燕麦片了。吉塔也跟着来了，后来丹尼尔也跟着来了。我们在最后聊起了星空，我们自己的星空，在不来梅，星空只能躲在云层后面，我们从未见过。

在厨房的时候，餐桌上的话题已经从能否回到11月18日之前的生活转移到了我们被困的确切天数上。我们能确定自己数对了吗？大多数人都试着计数，但很多人都经历过一段忘记时间的时期。有些人从一开始就计算天数，有些人则是后来猜测的。

西娅·桑德把她所有的日期都写在了本子上——不是天数，而是日期，就好像日子一直在延续，但突然有几个人觉得这简直令人毛骨悚然。卡尔娜·耶里说，我们不能用这些日子，这些是留给以后用的。这些日期只能用一次，她说，应该保存起来，直到我们回到能见到11月19日的时间。

西娅认为我们可以用它们来庆祝生日，但彼得认为我们应该坚持自己的庆祝方式。他和索尼娅回到了不来梅。有时他们住在这里，但有时他们需要独处，所以他们在拉尔夫位于亨塞尔大街的公寓楼对面的公寓里安了家。彼得认为，我们应该自己设立更多的纪念日和节假日。卡尔娜也支持他的观点——一直用过去的日期推算每一个节假日和自己的生日未免太悲哀了，毕竟我们永远只停留在11月18日。亨利说，或者自己孩子的生日，但随后他就不再说什么了。有人还没来得及细问，其他人就转移了话题。

现在，一个不可避免的问题出现了——我们应该怎么称呼自己，又应该怎么称呼其他人。那些每天早上醒来都以为自己是第一次来到18日，一切都很正常的人们？谈论我们和他们之间的区别时，这个问题往往就会出现。有些人称我们为“循环者”①，而其他人则称为“不循环者”②。还有人说我们是“重复者”③或“回归者”④，但最终我们还是要讨论谁才是真正的重复者，因为我们的区别不就是我们知道自己在重复18日，而其他人则认为一切都很正常吗？但我们可以看到他们——一次又一次地走来走去。那么是谁在重复呢？这曾经是亨利的台词，但今天我来说了，因

① 原文为英语，loopers。
② 原文为英语，noopers。
③ 原文为英语，repeaters。
④ 原文为英语，returners。

为亨利什么也没说。查尔斯和雅恩一直在谈论“追踪者”[①]和“擦除者”[②]，因为他们很快就意识到，他们在威尼斯的酒吧里留下了一串空酒瓶的痕迹，但其他顾客喝过的酒第二天通常都会原封不动地恢复原样。这一直是他们反复讨论的话题——是应该开一家新酒吧，在那里喝到自己喜欢的酒，还是不喝自己喜欢的酒，坚持去自己最初的地方？最终，在与梅特的共同努力下，他们通过旅行解决了这个问题。他们在那不勒斯住过一段时间，索尼娅想知道他们中是否有人曾经掉进过海港，因为那个关于落水的谜团还需要一个解释，但他们都没有。他们只知道自己留下了踪迹，而别人也在抹去他们的踪迹。

当在座的几位开始讨论“追踪者”或许可以是留下踪迹的人，而不仅仅是跟踪踪迹的人时，沉默片刻的亨利开口说，在挪威语中，也许可以说“留下踪迹的人”[③]和“擦除踪迹的人”[④]。亨利缓缓地用挪威语说出了这两个词，现场众人沉默了几秒钟。有那么一瞬间，听起来我们就是

---

① 原文为英语，tracers。
② 原文为英语，erasers。
③ 原文为挪威语，sporsetter。
④ 原文为挪威语，sporslettere。

"留下踪迹的人"。当冬季花园不再喧闹时，我讲述了我得知"银河"在瑞典语中叫作"vintergatan"的经历。西娅·桑德的母亲来自瑞典，然后我们在她的帮助下，坐在一起用瑞典语交流了一会儿。

现在，越来越多的人将自己的语言研究成果投入共同的话题中，我们谈到了代表某种情绪的词语，谈到了俄语的"toska"①和捷克语的"litost"②。丹尼尔谈到了葡萄牙语的"saudade"③。而最近刚到列日的海伦娜·伊巴特则谈到了"dadirri"④这个词，她是在澳大利亚达尔文⑤拜访一位朋友时听说这个词的。她说，这是一种倾听的方式，指的是平静地倾听周围的声音，倾听森林或水的声音。

她在旅行时经常这样倾听。她还会倾听人们的声音。她说，当谈话变成一种音乐时；当人们不插话、不试图回答或反驳对方时；当人们不用语言来表示同意或反对，或

---

① 常指一种悲伤和无聊交织的焦虑状态。

② 常指人在感到自身的可悲境况后产生的自我折磨状态。

③ 常指一个人的怀旧、乡愁情绪等。

④ 澳大利亚原住民语言。

⑤ 澳大利亚北部地区首府和港口。英国生物学家达尔文于1839年曾到此考察，故该市以他的名字命名。这里原来是原住民的居住地。

达成解决方案和结论，而只是倾听对方在说什么时。

我们互相听了一会儿彼此的话，或者更准确地说，有些人听了一会儿，有些人提出了更多难以从一种语言翻译成另一种语言的单词的例子时，彼得已经迫不及待地想继续往下说了。他想知道我们能否为我们重复的18日找到一个对应的词。我们是否应该考虑自己发明一个合适的词。大多数人称之为回环、循环或只是重复。有些人把一天说成是一个回路或一个圆圈，或者我们把一天说成是“重拍”①和“重制”②。也许我们可以找到一个合适的词。

伦克·哈蒙认为这是不可能的。他认为，我们人数太多，多到无法就新词达成一致，因为总会有人认为这个词不对。一些人认为我们应该先尝试，另一些人则认为我们首先应该弄清楚我们想要什么。我们是在寻找能够准确捕捉单一现象的词语，还是在寻找具有包容性且让我们感到亲切的词语？就这样，讨论反反复复进行了大半天。有些人在倾听，有些人则提出了一连串的建议，有些人急于找到几个我们能达成共识的词，然后立即开始测试。奥尔加认为，我们要么提前放弃，要么创造一种全新的语言来适

① 原文为英语，retake。
② 原文为英语，remake。

应我们的特殊情况，但她同意伦克的观点——我们人数太多，可能已经无法达成一致意见了。我们有太多不同的经历，有太多体验事物的方式。她说，即使是已经存在的语言也缺乏精确性。有时想找一个词来表达，但现有的词并不完全合适。语言会让人感到被排斥在外，或被压在一个模板里。奥尔加说，对一个人来说是灾难的事情，对另一个人来说可能只是一个逆转。然后她又开启了另一个反复出现的议题——我们能否把发生在我们身上的事情称为灾难，玛丽斯的“颠倒”[1]是不是一个更好的词，我们是否应该想出一个完全不同的词，或者我们是否应该不去管它。

我们中的许多人都知道讨论即将开始。彼得试图回避这个议题，他说我们需要有共同的词语，这样才能彼此交谈。难道我们就不能先选一个，然后如果有人觉得被冷落了，再进行调整吗？但奥尔加认为，如果从一开始大家就觉得新词表述不准确，那么引入其他新词就没有任何意义，而新词只有具有足够的包容性才能表述准确。由集体创造，为每个人留有余地。

我问我们是否可以有几个选择，我们每个人都可以使

① 原文为荷兰语，anastrofe。

用感觉最准确的词，然后我们可以希望得到某种程度的理解。这种包容性也可以体现在我们的头脑中，而不一定体现在词语本身。我认为，如果让别人去拿一个杯子，而他却拿了一个马克杯回来，这并不是什么巨大的悲剧。我们的铁艺大门叫“栅栏门”还是“大门”有多重要？只要有人要进去的时候能打开就行。但后来索尼娅说，如果在手术室里这样交流，可能会导致病人死亡。杯子不仅是马克杯，也许真正需要的是一个保温杯。她对奥尔加说，精准并不在于用词宽泛。精准是指文字表述非常精确，精确且狭义，便于从手术器械盘中拿取。

但我们必须确定。吉塔在努力支持奥尔加的观点。字里行间必须留有余地，不仅要给每个人留有余地，还要给知识和洞察力留有余地。我们必须思考，否则我们怎么知道一个词是否准确。不能就这样启用一个词，然后要求人们接受它。我们如何知道我们的停滞是一场灾难还是一次转机？要为所发生的事情找到一个词，我们需要了解它是什么。她认为，我们在了解实际情况方面所做的努力太少了。是我们自己的问题吗？是我们的思想发生了变化吗？是世界本身崩溃了吗？我们需要知道这一切，才有希望找到准确的词语。我们都想了很多，但我们有好好研究过吗?

此外，她说，她不知道究竟什么才是所谓的“颠倒”。“颠倒”是指一天又一天的重复，也就是每天的事情重复发生，还是“颠倒”是指最初的事件——与会流动的时间的决裂，我们都曾面临的巨大震荡？我们试图描述的是一个事件还是一种状态？换句话说，是我们遭遇了一场“颠倒”，还是我们生活在一场“颠倒”中，生活在一个“颠倒性”的时代？我们必须首先澄清这一点——我们必须调查此事，做足功课，清楚地知道我们想要概念化的是什么。只有这样，我们才能找到正确的词语。也许我们应该就现象本身，就时间停滞召开一次会议，而把关于词语的讨论推迟到我们知道我们需要命名的是什么之后。

彼得坚持自己的想法。我们对知识的需求是有限的。过去的人类能看到太阳升起，他们称之为日出。因为他们看到的就是日出，看到一个物体在向上移动。他们是否应该对此事进行更深入的调查？他们是否应该等到哥白尼出现之后再谈论太阳？甚至更晚？他们是否会说，很遗憾，但是直到此时他们才能谈论这个黄色圆盘的运动。直到几千年后，有人发现是我们生活的星球在围绕太阳运转？直到有人发现它不是一个圆盘，而是一个球体，而且它既不是黄色，也不是橙色或红色，那只是大气层赋予它的颜色。我们什么时候才能知道应该何时给事物取名？什么时候我们应该抛弃现有的词，创造新的词？

他还认为，如果连“百日”这样简单实用的词都不能自如使用，更晦涩难懂的概念又怎么会流行起来呢？他说，并不是说谈论“百日”或一下子想象几百天有什么不对，但这是一个聚会用词。我们可以喝着酒，一起为我们的某个“百日”干杯。我们可以召开会议，说又过了一个“百日”，欢呼祝贺。顺便说一句，他认为我们应该这么做。但是，如果一个新词要流行起来，它必须表示我们日常生活中缺少的词语。也许是我们缺少表示一百天的时间段？

我想，大多数人都会意识到，我们的讨论可能会持续很长时间而毫无进展。我们都把自己的想法抛给了谈话，但没有人特别想得出结论。我想起了和托马斯在一起的那些朦胧的日子，我们一起探索世界，却没有真正寻求答案。一场关于知识的波尔卡[①]，一场关于发现的芭蕾，一场关于探究的探戈。

---

① 捷克语polka的音译。捷克民间舞蹈，以男女对舞为主，基本动作由两个踏步和一个跳踏步组成。

丹尼尔认为，也许我们应该谈谈时间的流逝。关于年龄，关于我们现在是多大年纪。如果我们需要一个词的话，那一定就是描述我们年龄的这个词。因为如果时间没有流逝，我们的年龄也不能一岁一岁地增加时，我们就无法用什么词语来描述我们身上发生的变化。也许我们应该开始讨论我们的“生物学年龄”？亨利认为这超出了讨论的范围，梅特和契妮都认为这个词已经被使用过了，而且还有别的意思。丹尼尔建议，即使我们不能谈论岁月流逝，我们也可以庆祝生日。如果我们记下岁月的流逝，即365天或366天过去了多少次，那么我们只需将其与11月18日这一天的年龄相加，就能知道自己有多大了。

然后，讨论又开始了，窗台边和桌子各侧充斥着各种各样的小对话。厨房里，有人趁机把一些已经备好的烤饼放进了烤箱。浴室门前，大家在休息时突然匆匆忙忙地去上厕所。每个人都在发生时间停滞时的年龄上加了大约六岁，每个人都想知道自己的年龄是否合适。我们坐在桌前，用略微不同的眼光看着彼此。吉塔看起来像40岁吗？而奥尔加的生理年龄真的只有23岁吗？我们得出的结论是，我35岁，亨利43岁。拉尔夫是34岁，大多数人都对此感到惊讶，因为他看起来更年轻。对了，三天后阿德里亚诺就满26岁了，我们是不是应该开个派对？要不要搞点传统仪式？来块蛋糕，叫他起床，点一首歌？但不久之后，当我们吃完饭再次收拾桌子时，我们已经忘记了彼此的年龄。要记住的人太多了，而我们的年龄又与我们所做的一切无关，于是我们又开始试图为发生在我们身上的事情找到一个词。尽管我们心存疑虑，但我们还是无法真正理解玛丽斯的“颠倒”一词。也许直接用时间本身的规律和时间的回归的相关词语更为明智，但我们需要的是另一个词——指代那些发生在我们身上的事情。大多数人认为称其为“灾难”有些夸张，也没有人对更通俗的说法感到满意，比如时间断裂、时间断层、时间决裂、时间重复、时间转移、日期错误、时间跳跃、时间崩溃和时间紧缩，以及我们想出的其他任何说法。但是，“颠倒”是一个融合的新词，有一个人是这样想的，也许是丹尼尔。不，不可能是丹尼尔，一定是新来的人，亨利回答说。马上又有人说，亨利在用“新来的人”这个词来表达消极意思之前应该三思，因为这样我们就被一分为二，分成了新旧两派。好像有些人有特殊的发言权，就因为他们是先来的。然后，我们不得不坐在会议桌前，在人们通过铁艺栅栏门之后，对他们所说的话的价值进行评分，并衡量提案的分量，因为有人先来了。我们还应该考虑哪些参数？我们应该用什么权重来衡量一个建议？句子的长度，声音的深度，还是音量？

简·沃斯说，一个新词应该会有所帮助，她认为这场讨论已经走入歧途，不管是谁提出来的。所以我们开始讨论什么是最好的——是精确的新结构，还是经过多年使用而被拉伸、拉长并变得丰富的旧概念。是让旧词重生，还是新旧结合？在这里，玛丽斯的“颠倒”概念可能就是这样。新与旧，核心是转折、回归。当然，这个词有旧的含义，她说，但我们不需要旧的含义，这个词已经可以再次启用了。她认为我们应该看看“颠倒”这个词能否被使用，哪怕它只是一个新旧结合的词。

卡尔娜·耶里认为她是对的。“颠倒”就是一个新旧结合的词，这是事实，但它准确吗？这是一个被我们扭曲得不成样子的老掉牙的词。她说，我们需要能被感受到的词语。她认为，一定可以找到一个词来表达我们受到的影响。一次意外，一次损失，一次悲伤。她一直在寻找这些词语，但始终找不到合适的。是“不幸”[1]，不是“意

① 原文为英语，misfortune。

外”[1]。我们也许能看出其中的区别。她试着用“malheur de temps”[2]和“time-misery”[3]这些词来表达。她认为用“Zeit-Unglück”[4]或“Zeit-Unfall”[5]来表达不合适，因为听起来太像“意外”了。我们必须找到能表达我们处境的不愉快的词语。我们可以互相帮助，我们可以从我们知道的所有语言中收集词语，看看是否有合适的词语存在，一个合适的单词或一个精确的组合词。重要的是，要将悲伤编织进概念的结构中。

这就是她被时间停滞击中的感觉——悲伤和不快。她放慢了脚步，一举一动都变得哀伤。听起来，她似乎从未从震惊中完全恢复过来。她从未有过重塑的感觉，从未有过内部建设的感觉，从未有过突然清醒的感觉。她正在为手头的任务而重塑。她从未接受过现状。她变得悲伤，不是愤怒，不是害怕，不是担心，也不是晕眩，只是悲伤，充满了惊奇——这种情况时常发生，而且一切皆有可能。

---

① 原文为英语，accident。
② 法语，意为“时间的不幸”。
③ 英语，意为“时间苦难”。
④ 德语，意为“时间的不幸”。
⑤ 德语，意为“时间的事故”。

她从来没有恐慌过，也没有尝试过任何奇怪的解释，脑子里也没有想过什么奇怪的逃跑方案。她从来没有观察过一天中的细节，也没有因为看似突然得到了很多时间而感到宽慰。她只是对这种事情的发生感到悲伤。一种无声的忧郁，一场无人理解的意外。她已经告诉了她最亲密的朋友，但即使他们相信她，他们也不理解她的感受。他们越不理解，她就越伤心。在很长一段时间里，她几乎每天都去看望她最要好的两个女性朋友，她一遍又一遍地把所有的事情都告诉她们，有时是简短的版本，有时是冗长的版本，但这对她没有任何帮助。也就是她们坚持要逗她笑的时候，才有一点儿帮助。她们试图让她相信，这不仅仅是悲伤，也是喜剧，让她相信她们是可以一起笑的。

但这是短暂的。即使她们让她振作起来，即使她在两个朋友的公寓里喝着咖啡，从一扇窗户可以看到运动场，从另一扇窗户可以看到雄伟的教堂塔楼，即使她们谈笑风生，气氛变得轻松起来，她还是不得不再次走上街头。甚至在走下楼梯时，她都能感觉到那种重量。仿佛整座城市在她周围都变成了石头和铁，仿佛物质都凝结了。红石教堂就像一堵坚固的墙，到处是灰色的柱子；运动场仿佛是一座巨大的监狱，围绕着厚重的金属网，看起来好像缝隙中的不是空气，而是另一种东西，一种坚不可摧的物质。

她说，我们必须把意外说成是意外。我们必须如实陈述。我们还必须为自己找到合适的词语。她认为，“时间捕手”比“循环者”“重复者”和“回归者”要好，而“追踪者”和“擦除者”这些词只是在避开重点。“留下踪迹的人”和“擦除踪迹的人”这样的词太轻松愉快了。是节奏出了问题，她说，我们必须了解我们所面对的是什么：禁闭、高墙、金属，不幸和悲伤。我们坠入了未知的深渊。我们的命运变得加倍不幸，因为即使时间没有流逝，我们也在变老，这是显而易见的。知道自己会死已经够痛苦了，但死在重复的日子里，就等于死在两座难以逾越的山脉之间的深谷里。谁能不对这种悲伤和虚无感到惊奇？谁能不感到悲痛？只有这样，才能找到包含我们处境的不快的词语。

我说，我们很多人可能都有过这种感觉。我说，我至少能体会到她所说的一些东西。我曾在巴黎街头游荡，那时我已经放弃了回到正常生活的念头。那时我意识到这是一种慢性病。我觉得这座城市空荡荡的，很奇怪。和她的感觉不一样，但这种感觉是有形的，仿佛是街道或房屋变了。也许我不能完全理解她，但我理解她的感觉，即世界的物质发生了真正的变化，或者说我理解了其中的一部分。我说的是脱离世界的感觉，被抛弃，被搁置在仓储间里。我不知道她是否明白我的意思。看起来不像，我想，她以为我的话是在避开重点，以及我们谈论的不是她的悲伤。

罗西试着提了一个建议，建议我们聊一聊“颠倒”的利弊。这样，她就可以谈论她的悲伤，而不会将情感作为概念的中心。同时也为其他人的其他感受留有余地。或许，她可以利用语言中已有的构件，拼凑出一些她认为准确的东西。

彼得提到了在句子里使用这个词的可能性。例如，她可以说那场“颠倒”让她不开心。这样就不一定非要用一个单词或一个组合词来表达了。如果其他人在谈论时间事故和时间陷阱时都用欢快的声音，她会更开心吗？还是我们都应该学着用和她一样悲伤的声音说这个词？如果我们找到了更适合描述她的词，她的心情也会随之改变吗？

卡尔娜没有回答这个问题。我不知道如果我们找到了正确的词语，或者如果我们中有人能说自己和卡尔娜经历过同样的事情，会不会有帮助。我不认为会有帮助。我认为，只有我们使用的语言包含了她的感受和处境时，她才会感到被理解。我不禁想，和像她一样被时间困住的人在一起，一定比完全孤独要好一些。因为即使我们用词不当，即使我们并不完全理解她的感受，但我们知道她在说什么，她的声音中带着悲伤。我们明白什么是我们无法用言语表达的。我想这应该有一点儿帮助。也许我错了。

或许劈柴也有帮助。一天早上，她发现柴房外躺着一堆木柴。我们运来了一大堆木柴，多到我没有时间在天黑前把它们劈完，我放弃了，因为我知道这些木柴可能第二天就没了。但第二天早上木柴还在，所以也就没必要着急了。柴堆还在，几天后，当我路过时，卡尔娜正在劈柴。她把木柴拖到草地上更远的地方，拖向沿着草坪蜿蜒流淌的小溪。她在小屋里找到一把斧头，然后开始劈下一根又一根木柴。

最近，我经常在早晨看到她——在草地中央，俯瞰着小溪。她站在那里，劈着柴，晚上经常有人在壁炉里生起火，我们就坐在壁炉旁边，包括卡尔娜。

马克通常是生火的那个人，没过多久他就会开始讲述他和托娜骑车的故事。我不知道他的故事有多少是真的，但没人在乎。托娜通常会晚一点儿溜进来，她很少反驳他，尽管每个人都听得出来，这些故事不可能都是真的。

没有人能像他那样把11月18日变成一出喜剧，几乎没有人能不捧腹大笑。就连卡尔娜也不例外。然后他坐在壁炉前，把纸揉成一团，把树枝和木屑放进壁炉里，讲故事，讲到停顿的时候，他就点上火，吹一吹。他把卡尔娜劈好的柴放进去，又吹了吹，壁炉里面发出微弱的噼啪声，然后他又讲了18日故事集中的一件怪事。卡尔娜看着他一边吹一边添柴，她向前倾着身子，看着火势越来越旺。由他来点燃所有的悲伤，真是再合适不过了。

第2256次

但悲伤依然会出现。在这里，我们可以更自由地呼吸。在11月18日，我们有这么多人，这已经成为一种常态。有几个人在来的时候就说过——走进栅栏门，呼吸都不一样了。平凡的生活渐渐呈现。我们坐在这里时，被困一天并没有什么不寻常的。这是我们的世界，我们不必一遍又一遍地解释一切。

但随后人们开始呼吸，然后就能自如地与人相处。这就是我们——房子里的一些人。不是时间捕捉者、循环者、重复者或留下踪迹的人，只是人。然后把空气引向悲伤，引向记忆，引向失去的东西，它复活了，升起来了，突然间它仍然可以被感觉到，感觉到发生了什么。然后，自由呼吸和房子里的简单生活才会有一点儿帮助，因为它给所有被遗忘的事物提供了空气。

我想起和亨利·戴尔在一起的那些日子，那种背负着无法与人分享的世界的感觉。突然有了可以分享的人，把一切都扔进同一个池子里。我们就是这么做的。这个世界变成了共享的世界。房子和家具、需要缝制的床罩和衣服。垃圾要运走，有新的货物供应到达时，要烘烤、酿制和炖煮。

这是一个充满现实琐事的世界。但是，在这一切之中，在不再孤独地生活在18日的欣慰之中，在日常生活的平凡和常规之中——需要浇水的菜苗，一盘新的花椰菜，一些需要折叠的纸箱，一个噼里啪啦作响的袋子，楼梯上一次欢快的谈话，在这一切之中，仍然有一种悲伤，或许类似于卡尔娜那种无所不包的悲伤，至少有一点儿。

还记得当时的情景。消失的未来，想象的一切都化为乌有，以及孤独、焦虑和疑惑。所有变得遥远的一切，所经历的一切，已经成为大家的共同之处。然后意识到，好不容易才可以漂浮在水面上。无法沉底——只能游泳，看不到陆地；或者说，是在一艘没有舵和帆的船上航行；或者是躺在白色的病床上，需要帮助时没有绳子可以拉，紧急呼叫中心的电话没有人接。即使终于接通了，也没有救护车，没有救护车司机，没有汽油和电力，没有11月19日。就是这样日复一日。

但抬起头，然后环顾四周，就会想起他们是如何出现的。亨利·戴尔出现在11月18日。奥尔加和拉尔夫出现在11月18日，而且他希望有一个更好的11月18日。现在它已经成为更好的一天，因为我们有很多人都停滞在11月18日。

这和11月19日不一样。这不是和托马斯在一起的生活。不是一切都回来了，因为在轻松和忙碌时，在例行之事和我们所有的谈话中，我们知道世界已经变了。悲伤已经占据了上风，并且一触即发。眩晕感消失了，人清醒了，不再眩晕。

也许这就是眩晕的馈赠，而卡尔娜从未得到过。她得到的只有悲伤。也许总有一天她也会有那种眩晕感，如果她一直劈那些木柴的话。

第2313次

家里有很多人，一整天都可以听到声音。有卡尔娜的声音，她在花园里劈柴。地下室的缝纫机发出嗡嗡声，这是一种低沉的声音，站在地下室的楼梯旁或坐在客厅里就能听到。突然，卡尔娜在小屋里劈出了一个柴堆，劈出了壁炉旁的一筐柴。地下室的机器嗡嗡作响，一件衬衫和一条裙子缝制好了。在窗边，我坐在椅子上，什么都能听到。总有人把动作变成东西，有人缝制出床罩和枕头；有人在厨房里捏面团并做成面包，做沙拉，炖菜，煮11月的汤；有人叠衣服，然后堆成一堆，分发到各个房间；或者现在，我写东西，然后在房子里的椅子上放满纸张。这种情况并不常见。我们太忙了，每天已经有太多的词语了。我们把自己洗成了脆脆的芽，我们把自己种成了窗台上大花盆里的土豆，小小的土豆，还有向着光生长的植物，长得实在太长了。总是有些东西变成了另一些东西，尽管有这些转变，我们还是没有继续前进。我们打理又打理，然后又是同样的一天。没有任何东西在前进，就像一杯水中的暴风雨。

我在屋子里听到的正是这场风暴的声音。最安静的风暴，最安静的混乱。一支管弦乐队在一天中演奏着，哼唱着，抓挠着，揉捏着，涂鸦着，沸腾着，冲刷着，种植着。

我很清楚，我们不是一个乐团。我们是一块奇怪的马赛克，是混乱的瀑布，是一片杂乱无章，是一团糟，是一家疯人院。我们是一群怪物，一袋子希望。这就是发生的事情吗？希望回来了吗？我不知道它是否回来了。我们是不是把希望关进了房子？它是从缝隙中渗进来的吗？是水杯里的希望？它是否一直住在地下室，躲在我们搬来搬去的东西后面？它在家具里安家了吗？它是否和我们一起搬进了客厅？做这件事的是我们吗？带着希望移动，把它吹进客厅和房间？我们是否把希望缝进了床罩？它在我们的头发里占有一席之地吗？我们满怀希望吗？我们只是被困在这一天的一群绝望的囚犯？

我不知道我们是什么，但我们就在这里。门开了又关上。走廊里有各种声音，厨房里有锅、盘子和刀，还有芹菜和韭葱。我不知道可不可以说是语言带着我们前进，可不可以说句子有治愈的作用。我们谈啊谈啊。我们开会然后讨论。我不知道可不可以说我们的会议帮助我们前进。

我不知道我们是否在前进，我们是否明白这些，我们是否在11月18日安顿下来，找到自己的方向。

我觉得是别的原因，也许是双手，也许这就是我们安顿下来的方式。就好像我们用双手使用工具来理解这个世界，我们在工作的过程中与万物相遇——与工具相遇，与砂纸相遇，与刷子相遇，与铅笔相遇，与剪刀相遇，与针相遇，与斧头相遇。我想，这是我们拿着刀与蔬菜的相遇，是我们拿着擦地刷与地板的相遇，是我们拿着抹布与桌子的相遇，是我们拿着电钻与墙壁的相遇，是我们拿着螺丝刀与螺丝和插头的相遇，是我们拿着研磨机与咖啡豆的相遇，是我们拿着茶巾与盘子和杯子的相遇。现在我能听到汽车关门声，走廊里的鞋子声，缓慢的铰链声，急促的脚步声，听到屋里有人的声音。

突然，我向往北方，向往下雪。我渴望坐在旅馆的前厅，一辆蓝色的货车穿过雪地，箱子被卸在厨房门口，我从书架上拿起其他客人留下的书。我可以在白茫茫的雪地里漫步，我可以穿过树林，走到墓地，沿着小路行走。我可以在白色的世界里走来走去，想着自己还没有死。夜晚一片寂静，比安静更寂静，比没有声音更寂静。

但没人说让我留在这里。我很清楚，可以一直一个人，可以做很多事。可以去乘坐渡轮，可以骑自行车，也可以开车；可以徒步旅行，或随意散步；可以去骑马或搭乘飞机。如果我愿意的话，也可以成为一名飞行员，成为帆船上的客人，成为皮划艇运动员，可以向东、向南、向北、向西旅行。

可以去克利希苏布瓦，克利希苏布瓦当然是可以去的，或者和亨利一起去伊萨卡。也许奥尔加想一起去杜塞尔多夫，也许去更远的地方。跟梅特和男生们去那不勒斯。和丹尼尔一起去找金发姑娘。可以和安东一起去波兰，在窗台边吃苹果煎饼，俯瞰家族的房子。可以做很多事情。不过可能不会真的去做罢了。

第2446次

我们开会讨论了开始和遗忘，讨论了事情发生时我们在想什么。不是要怎么称呼它，而是它是什么样的。因为即使我们找不到合适的词语，我们也能说出当时的情景。当时间陷入停滞，“颠倒”发生的最初几天时。我们可以在没有找到一个可以达成共识的术语的情况下讲述这些。我们可以谈论眩晕，谈论悲伤，谈论旋涡，谈论宽慰，谈论站在边缘，俯视不可能发生的事。有一个深渊，我们在下面看到了什么，我们做了什么，以及我们想到了什么。

这就是会议的第一个主题——开始。接下来是“遗忘”。提议我们讨论“开始”这个主题的是海伦娜·伊巴特。没有人知道是谁在杯子里放了“遗忘”的纸条，也许是其中一个后来离开了这里的人，所以我们一直没有弄清它的含义。但我们也在第一个主题上停留了很长时间，久到差点儿忘记了第二个主题。

阿德里亚诺认为，没办法就“遗忘”这个主题开会，可以就记得的事情开会。索尼娅说，什么都可以开个会。她希望召开一次关于我们身体的会议。我们如何对待自己的身体，以及身体需要的是什么。她想谈谈饮食和疾病。她想谈谈工作室里的小事故，谈谈被锋利的菜刀或有缺口的瓷器划伤，谈谈尿路感染和脚踝扭伤。

但现在，我们必须谈论的是我们的开始。尽管我们几个人都知道彼此的故事，并用最简短的方式讲了出来。我讲述了烧伤和白面包的故事，不是为了谈论简单的碳水化合物或二度烧伤的治疗方法，而是因为就是那样发生的——我带着伤在雨中漫步，一片在空中飘落的面包，落着落着就停了下来。我肩上背着包，手里拿着伞。我想，错误是可以改正的。我想着温暖的毛衣，散步结束时还看到了一栋房子。

我们听亨利·戴尔谈起了他的开始和他的无动于衷，或者更确切地说是宽慰。关于消失的邮件。关于七把一次性剃须刀——这些剃须刀帮他数着日子，而不仅仅是剃掉胡楂儿。还有下山途中的奥尔加，天气寒冷，雪路湿滑。还有赌场里的拉尔夫，他新买了西装和昂贵的皮鞋，躺在沙发上，把西装和皮鞋扔在了走廊里。第二天早上，鞋子应该是不见了，但衣服却还穿在他身上。我们谈到了玛丽斯和衬衫失窃案。医院衬衫的触感，洗得发白的布料贴着她的皮肤。谈到了她多么想再要一件，睡觉穿着它，很柔软。但在哪里能买到旧的医院衬衫？然后她坐在那里，被困在了18日。

还有公园里的罗西。她经常想起送孩子们上学前的一个特别时刻。她牵着年纪最小的孩子走着，她说那只手很柔软，而最大的孩子背着书包在她前面蹦蹦跳跳，充满热情，又从容不迫。丝毫没有意识到，她即将发现时间已经停滞了。她一直在想时间停滞的那一刻，是什么时候发生的？如果时间停滞时，她正牵着小家伙的手，会发生什么？能拖着另一个人一起走吗？

我们听到了安东特意与他父亲多待的那些日子，还有家里养的狗，狗累得不想走了，他就会把狗抱在怀里。他谈到时间停滞时，可以从他脸上看到一丝喜悦——时间停滞也就意味着疾病不再发展，意味着狗仍然活着，只是老了，腿脚有点儿僵硬。他说，感觉停滞是有意义的。

还有索尼娅的故事，听完这个故事，我们总会摸摸下巴思考。好像身上有一道需要缝合的伤口，好像麻药还没完全起效。还有彼得的故事，我们只能听到零星的片段，因为他总是更喜欢谈论他遇见索尼娅的那天，他们在一起的开始。他不太记得自己的开始，或者说那份记忆很模糊，因为一开始他喝得太多，日子都模糊不清了。

还有契妮·吕戴和她在不来梅的生活。即使计划已经失败，她也不会回到她的家乡康斯坦茨。她曾以为，是固执让自己陷入了18日的循环轨道。她不能就这样放弃然后回家。

丹尼尔那时是和儿时的朋友一起旅行。他们一起从肯特[①]出发，骑车到地中海，但因为一件小事闹翻了。他们对于去哪里产生了意见分歧。然后他们开始争论，争论如何做决定。丹尼尔的朋友理所当然地认为自己知道得更多，而且之前他们总是听从自己的建议，已经习惯了丹尼尔对他言听计从。但现在丹尼尔不愿再这样了。丹尼尔独自向前走去，然后时间停滞了。

莎拉·特伦特那时去了伯尔尼[②]，去拜访一位女性朋友。她于18日抵达伯尔尼，在朋友那里过夜。在朋友的客房里醒来时，她以为已经是19日了，结果又回到了18日。她谈到了发现朋友和男友都没有受到时间流逝影响时的震惊。她的朋友很惊讶会在厨房见到她，因为她本来要到当天下午才会到。而她对男朋友总结了一长串11月18日发生的事情，男朋友才明白她说的是实话。

她一直在自己的男友家和朋友家之间轮换。在朋友家醒来时，她会早早给男朋友打电话，告诉他，她趁他睡着时去了朋友家，因为她想早点到。他认为她应该叫醒他，不应该就这么走了。如果醒来时是在男朋友家，她会打电话告诉朋友自己不去她家了。但是她的朋友很失望，认为

---

① 位于英国东南部。

② 瑞士首都，伯尔尼州首府，全国文化中心。

她为了爱情牺牲了友情。她觉得自己让两人都失望了，觉得自己任由11月的日子摆布。仿佛他们都把发生的一切归咎于她。

她习惯了这种想法，后来发觉没有人可以帮助她时，她就离开了。四处游荡了一段时间，她住进了利古里亚[1]的一家旅馆，读起了她一直想读的书。长的和短的，旧的和新的。有时她会带一本书回去，送给她的男朋友或那位女性朋友；或者带着其他礼物，比如她在松树下捡到的美丽松果，成色最好的柠檬和各种美味佳肴。她带着这些东西去尼永[2]，这是她和男朋友住的地方；或去伯尔尼，这是那位女性朋友住的地方。她仍然会这样做，只是间隔的时间越来越长。不久，她可能又要离开了。如果可以的话，她会给朋友带一瓶奥尔加做的葡萄果酱，里面还有脆脆的葡萄籽。但她说，她感觉到的是被辜负。她让他们失望了，她在享受没有他们的生活，包括在这里也是，晚上和我们一起在壁炉边，和她的新朋友一起，在清晨灰蒙蒙的秋日花园里。她不禁在想，是不是她自己让时间停滞的，她是否在朋友和男友之间感到纠结，是否想逃离这两个

① 位于意大利西北部。

② 位于瑞士西部。

人，然后喘口气。

我们中的许多人都曾觉得，时间停滞是我们咎由自取。是我们说了或做了什么，我们忘记了什么或有事情没有做到。是我们犯下的错误，是因为个人的缺点或缺陷。我们愿意承担这个错误，并努力改正它。莎拉说，至少在某些时候会这样去做。

如果可以，我想我会立即纠正错误；或者说，很多时候我都是这么想的。但我喜欢我那些在这里的朋友。喜欢奥尔加和她的种种疑虑。喜欢玛丽斯，喜欢她的博识和她所有的词语。我喜欢莎拉，她知道眼看着日子一天天堆积起来，挡住了通往爱人的路是什么滋味，尽管她更擅长跳过堆积如山的日子再回来。我喜欢亨利，也喜欢拉尔夫。我想，即使我们没有在11月18日这个古怪的空间里相遇，我们也可以成为朋友，至少和亨利是这样。不过，如果我在被困于18日之前遇到拉尔夫，我不确定是否会认识他，是否会理解他在说什么，但我觉得我一天比一天更了解他。

意识到自己的生活发生了什么的时候，诺曼·恩瑟吓坏了。他说，就像一部恐怖电影。在他的记忆中，第二个11月18日是非常恐怖的一天，第三个也是，第四个也是。持续了很长时间。他一直保持警惕。好像有人在追杀他。他说，他预想着会看到衣服上有红色印记的人，会有人在屋顶或窗户上瞄准他，会有人监视他。走在街上，他开始四处张望，寻找跟踪他的人。有一个他在同一天遇到两次的人。这是巧合吗？一个女人，她忙着翻自己的包，直到他从她身边经过。起初，他带着这种警惕四处走动。这种感觉持续了好几天。他试图逃跑，但这种感觉如影随形。最后，这种感觉完完全全消失了。他意识到自己孤身一人，没有人在追他。事实上，即使他试图与他们建立联系，也不会有人记得以前见过他。一切都在他掌控之中，因为他知道他们在做什么。比如他们什么时候会开始翻自己的包。他意识到，他可以打乱他们的小计划。他可以把那个翻包的女人从她的模式中拉出来。事实上，走到她身边时，他只需要咳嗽几声，她就会暂停翻包，走到一边去。

这让他松了一口气。他可以忍受不断重复的日子。相比一长串的11月18日，对红色印记带来的恐惧和想到红色印记这回事更加糟糕。还有被监视，这比想到会从人类记忆中被抹去更可怕。他说，被遗忘总比被监视好，好太多了。

成田·哈丁从一开始就感到如释重负。她一直在担心19日的到来，因为那天她将不得不在一场经济犯罪审判中出庭做证，被告是她的两个上司。她知道所有的细节，而在19日，她将与他们面对面地坐在法庭上。这两个上司总是胸有成竹，总是知道什么是对和错，知道她做得好还是不好。他们说她经常忘记手头的信息，但事实并非如此。她记得，但他们给了她相互矛盾的信息，现在她知道为什么了，他们试图迷惑她。她不喜欢坐在他们对面，她不想帮他们过滤掉这一切。她希望自己几乎什么都不记得，而现在，这一点开始成为事实，她正在遗忘。本来她想一了百了，但随着18日的重复，她开始认为19日是一个已经取消的日子，她不应该再想了。11月18日是个问题，但这个问题已经帮忙抹去了11月19日。

对于让娜·弗拉伊松来说，停滞不前只是几场灾难中的一场。她最好的一个朋友确诊癌症，而且无法治愈，然后她还刚刚被对象甩了。那人叫蒂文，两人原本打算结婚，虽然婚礼要到五月份才举行，但他们已经开始邀请宾客了。他们曾商量过改到三月份举行，因为她担心如果婚礼举行得太晚，她的那位朋友会因病无法出席，但后来婚礼取消了，蒂文离开了她。让娜很痛苦，她的心碎了，她担心她的朋友。时间也出了问题。她说，所有这些都同时发生了，意外太多了。

但仅仅过了四百多天，她就遇到了皮娅·卡尔列维奇。虽然她觉得过了很多天，但她也知道，与我们很多人相比，这已经算是很快的了。然后，在一个普通的夜晚，她出现了——皮娅，另一个被困在18日的人。伴随皮娅而来的还有新的友情。不幸的风暴平息了。她相信是所有事故的吸力把她从时间中拉了出来，就像在海边。她曾经在一个海滨浴场游泳，人们在离岸边更远的地方冲浪。她游到离海滩很近的地方，那里的浪很小，她以为自己很安全，但她被一个突如其来的浪头拉到了海浪的外面。她向其中一个人喊道，她无法游进浪的里面了。他问她能不能进去，她说不能，于是她被拉向更远的地方，拉向更多的冲浪者，他们在浪头上，她在浪头下，她被向外吸去，直到她突然被另一个浪头卷走，浪头又把她向内抛向海滩。冲浪者们继续冲浪，最后让娜站稳了脚跟，成功爬上了沙滩。被海浪冲了太久，加上还吞了几口海水，她头晕目眩。她说，现在不再头晕了，只是很高兴。

对于皮娅来说，18日的到来一直很平静。她去度假了，租了一栋房子，她说是个“度假屋”[1]，在讷韦尔[2]，那里很凉爽。她沿着附近的运河散步，看着船只驶过。她租了一辆自行车，租了几天。有一天她骑车经过一座古老的城堡，这座城堡看起来无人居住，却有护城河和其他设施。大部分屋顶都是新的，但看起来距离上次有人住在那里已经过了很久。

她刚停好自行车，还没走进去，有一只鹤就从护城河里飞了起来。城堡内一片寂静，只有远处的道路传来的声音，但是得走到大窗户前才能听到。城堡有一部分看起来像是烧毁后重建的，因为可以看到被烟灰熏黑的墙壁，还有一片区域砌了新的石头。她很想留下来。有几个房间的墙壁上还残留着旧墙纸的痕迹，有一个地方有一张很大的四柱床，没有床垫和底座，上面只有一个旧床幔。这个地方一点儿也不可怕。她突然决定在这里过夜。她的包里有水和打包好的午餐，还有一件保暖外套，没过多久，她就在一个可能曾经是厨房的房间里找到了几条毯子，那里还有一个放着盘子和杯子的橱柜，似乎主人有在自己的城堡里野餐的习惯。

---

① 原文为法语，gîte。

② 法国中部城市。

尽管当时是11月，而且近期一直在下雨，但房间既不潮湿也不寒冷。皮娅在城堡里过了一夜，第二天一早又出发了。她睡了几个小时，但大部分时间她只是在倾听城堡里的声音，其他什么也没发生，但第二天又是18日。

皮娅相信，正是她在厚墙壁包围下偷偷度过的那一夜，将她带入了18日的时空隧道。她坐在那里倾听时，时间就停滞了。她再也看不到护城河里的鹤了。

奥尔加不明白，怎么会有人觉得自己是时间停滞的原因？好像只要做正确的事，世界就会保持稳定，一种不容干扰的平衡。就好像有一幅蓝图，只要坚持下去，就不会被击中，不会被任何东西击中。如果有人被击中了，那就是做错了事。

她并没有这么觉得。当然，她认为她被迫停在18日是有意义的。这个世界出了问题。她有一份工作，一份召唤，一份使命。这个世界需要改变。她的愤怒，她对世界的看法，她对基本原理的不信任，她对现有制度的不信任，在某种程度上赋予了她进入停滞时间的意义。但这并不是说她做了什么让她进入我们的循环。她不相信失恋的伤心或意外会让时间停滞，也不相信偷窃和在废弃城堡里过夜可以解释这一切。

她说，世界不是风平浪静的大海，不是一个可以四处航行且不用随船颠簸的地方。世界是一条摇晃的船，是一艘暴风雨中的船。有时生活突然变得一团糟就是这个原因，因为世界就是一个有时会把生活搅得天翻地覆的地方。

她认为，我们所有的自责都是高估了自己的能力。好像我们能让宇宙运转，能让它停滞，让某一天重复。如果我们真的这么认为，她想不通我们怎么还没有开始把自己的超能力用在更好的地方。如果偷一件医院的衬衫就能挑战自然法则和整个宇宙，那我们就应该继续这样做。

她说，你们觉得一个行动就能撼动世界，这种可能性存在吗？但她又说，什么事情都有可能发生，也确实发生了。她说，糟糕的事情也是如此。有时会发生非常奇怪的事情。突然，世界摇晃起来，生活变得一团糟，是因为世界已经在摇晃了，而不是因为自己坐的小船摇晃了一下。

世界就像一艘在惊涛骇浪中航行的船，我不知道是不是这个想法促使海伦娜·伊巴特开口说话。她平时话不多。她是那种需要别人悄悄帮助她打开话匣子的人。她是和一小拨人一起从列日来到这里的，但她想留下来，并在这拨人参加完第一次会议后搬了进来。晚上，她可以在客厅里连着坐上几个小时。每个人都在说话，有的人说得多，有的人说得少，然后突然有什么事让她开口了。大多数人都开始倾听，人们稍稍转向她的方向，然后我们就坐在那里听她说话。她经常保持沉默，但并非因为不喜欢讲话。她只是犹豫不决，直到她不再犹豫才开口。

她讲述起自己的开始，从11月3日开始讲。我们可以感觉到等她讲到18日还需要一些时间。她从悉尼讲起。我们这些人当中之前听她讲过的人都知道，这会是一个很长的故事。因为我们还会听到去塔斯马尼亚[①]的事情，我们要乘帆船横渡巴斯海峡[②]。

海伦娜休了一两次间隔年[③]，离开了她的居住地意大利，来到了澳大利亚。她去悉尼探望朋友，10月底与他们一起启程。11月，他们在墨尔本登陆，穿过墨尔本湾的途中，她让我们身临其境，仿佛自己就在船上。当时刮着风，还有彩虹。她说，夏天，但不是盛夏。她能看到海

---

① 澳大利亚东南巴斯海峡以南岛屿。西岸临印度洋，东岸濒太平洋。

② 澳大利亚大陆同塔斯马尼亚岛间的水道。连接印度洋和南太平洋的塔斯曼海。

③ 即Career break，指的是有工作的人辞职进行间隔旅行，以调整身心或者利用这段时间去做别的事情。

豚和成群的海鸟，但都不知道名字。她后来还是知道了名字，因为船上有一位鸟类学家。几天后，他们停靠在巴斯海峡中心的国王岛[①]。由于强风，他们被困了几天，无法继续前行。他们捕到了闪闪发光的鱼和鱿鱼，还从海里捞到了螺。

后来，风稍微小了一点儿，他们就出海了，这也是她想说的，因为在巴斯海峡中部，经过几天的大风之后，他们突然发现自己置身于奇怪的海浪中。从未见过如此奇怪的海浪。海伦娜不禁联想到后来发生的事情——11月18日和时间停滞。她说，船周围的海浪变大了。不是那种起泡沫的浪峰，是深深陷下去的谷底和足以将船托起的巨大浪峰。这两种情况都让人感到震惊——躺在浪底，看到水墙在船周围升起；漂浮在上面，俯视谷底。她说，这感觉并不是很戏剧化，只是很有压迫感。但现在回想起来，她并不喜欢回忆自己在低处的船上的情景。她更喜欢从上往下看。就像一个人上岸后，想象自己悬浮在船的上方。她说，就像一只信天翁。

事情是从上午开始的。海伦娜在深夜和其他船员一起

① 巴斯海峡中面积最大的岛屿。

值了四个小时的夜班。没什么东西令人不安。有波浪，但他们都系着安全带，他们在深夜航行时总会这样做。他们眺望着漆黑的海面，那天夜里几乎没有下雨，只有溅上来的一点儿海水。海浪没有巨大无比，只是颜色很深，浪头不小。第二天早上她起床时，他们已经驶进了涌浪[①]之中。

她不得不相信这是完全正常的。其他人也没有说什么，只是说这一带的海浪就是这样。她说，即使海面看起来波涛汹涌，人也是安全的。好像在向我们解释她为什么没有感到不安。当然，她也没办法下船。虽然只是暴风雨的余波，但我们还是清楚地看到了一切是多么脆弱——这么小的船和这么大的浪。

第二天感觉就像在做梦。仿佛无法相信，穿过如此高的海浪，第二天还能活着。如果还活着，就必须把它当作一场梦来回忆。但她说，那不是梦，海浪就是可以那么高。现在，我们跟随着海伦娜的讲述，和其他船员来到了塔斯马尼亚，很快我们就顺着塔马河缓缓前行，没有波浪，只有平静的河水。船安全地顺流而下，停泊在一个小港口。是时候狂欢了。他们下船后，参加了附近一家酒

---

① 亦称“涌”“长浪”。海面上由其他海区传来的或当地风力减小、平息，或风向改变后海面上遗留下的波动。

吧的一场活动——一个提前举办的圣诞晚宴，有火鸡、约克郡布丁和栗子馅小脆饼。海伦娜认为我们应该了解所有细节。

她已经感觉到出了什么问题，感觉到世界发生了变化——过于庞大的海浪，还有圣诞大餐，打破了时间和地点的所有规则，南半球的季节颠倒了。仿佛一切都偏离了轨道，后来她和几个朋友一起离开船，去塔斯马尼亚岛旅行时，她也觉得偏离了轨道，仿佛自己再也不会是原来的自己了。她感觉，每一个浪峰都可能为自己画上句号，每一个浪谷都可能在下一刻冲垮小船。不过，直到安全上岸，她才有了这种想法。这正是她感到困惑的地方。就好像我们穿越了人生的波峰和谷底，却不知道发生了什么。我们站在那里，以为自己很安全。

她从未摆脱过这种感觉，甚至在经历了无数个11月18日之后也是如此。让娜点了点头。在听故事的整个过程中，她一直坐在海伦娜的面前，我们中的许多人也跟着点了点头。海伦娜环顾四周，似乎想确定我们都还在。我想，也许这就是她犹豫不决的原因。她需要确定，如果她开始说话，就不会有任何东西翻倒。

到了18日，她已经告别了朋友，住进了霍巴特[1]的一家旅馆。她的朋友们都回悉尼工作了。她自己要到新年伊始才会回到意大利。但新年一直没有到来。她向北去了布里斯班[2]，然后又去了达尔文，但在18日待了几百天后，她还是回到了家。一直到现在，她都把时间的移位和那些巨浪联系在一起；或者是“涌浪”，像她口中所说的那样。

关于第一次发现自己被困在11月18日的故事，住在这所房子里的人讲述的方式各不相同。有的以时间停止为中心，讲述了许多细节。有的很快就跳到了11月18日，有的则进展缓慢——有许多天的铺垫，但很少像海伦娜那样缓慢。人们会想，也许可以加快节奏，总觉得要赶着去做什么事情。但我们心知肚明，海伦娜必须把东西一件件搬出来讲，而我们没有任何要赶着做的事情。

不知道是不是因为我们聊了太多关于水的话题，我突然想起了那本关于饮用水历史的书。那本书被我遗落在巴黎酒店房间里。我问是否有人愿意和我一起去巴黎，这样我们就可以去拿我忘记带的书了，但也有人想起了自己遗

---

① 澳大利亚塔斯马尼亚州首府和港口。位于该州东南部德文特河畔，通连斯托姆湾。

② 澳大利亚东部城市，昆士兰州首府和港口。

忘的东西。吉塔忘记了约克郡布丁的存在，我也是，这并不是什么很大的损失。不过，现在有更多的人想要庆祝圣诞节了。我们开始讨论我们的圣诞节应该包含哪些内容。大家提出了很多建议，要想让每个人都满意，我们就得庆祝好几天圣诞节，然后我就完全忘记了利松酒店16号房间的那些书。

第2633次

我们的房子已成为接待中心、集合点和会面处。人们来的时候或独自一人，或三五成群。有些人来得很安静，仿佛是趁没人看到偷偷从院子小门溜进来一样。有些人则像花孔雀，翩翩起舞，穿过栅栏门，走上车道，仿佛有条红地毯一直铺到了我们家门口。有些人从初次见面就引人注目，仅仅一个小时后就会觉得认识他们了。另一些人则是悄无声息地展示自己，慢慢邂逅。还有一些人，没人注意到，直到他们突然现身。然后他们出现在面前，带着一个故事、一个想法、一个情节和一段经历。一瞬间，他们有了颜色，被点亮了。

他们都有自己的故事，带着他们的解释和模式，带着悲伤和困惑。他们有的骑着自行车，有的开着汽车，有的则是步行来到这里。他们来到这里的原因是看到了一两张海报，然后受到好奇心的驱使。但渐渐地，越来越多的人来这里的原因是他们遇到了我们中的一个人——曾经住在这里或来过这里的人，那个人告诉他们这里的房子和会议的事情，告诉他们可以随时来这里参加会议，不一定非要住在这里才行。我们努力去认识每一个人，但人数太多，而且经常有人要搬走。有些人会搬来这里常住，有些人在这里与其他人打过照面后搬到了市中心的公寓住。有些人只是来参加会议，有些人则住在附近，经常顺路过来。有一群人在卢加诺[①]，吉塔一行人在列日，艾卡特里尼·埃尔布斯一行人在奥斯纳布吕克[②]。

一群人搬进了邻近的房子，其他人曾经拜访过几个街区外的一栋房子。他们翻过墙，绕着房子走了一圈。他们从花园里看了看起居室，还找到了一扇窗户，我想他们正打算搬进去。

---

① 瑞士南部城市。

② 德国西北部城市。

速度加快了。我心中有一种愉悦的感觉——每天忙忙碌碌，四处奔走，看着人们从这里出发然后又回到这里。我突然意识到，他们不在的时候很想念他们。他们的某个句子在自己的脑海中嗡嗡作响，想念他们把满满一托盘的杯子从客厅端到厨房的样子，想念某个特别的笑声。尽管我们并不总是讨论重要的话题或要解决重大的问题，但大多数人还是会回来，虽然不是经常回来。我想，他们喜欢的是惊喜，永远不知道要讨论什么。我们允许自己被巧合和小纸条引导。有时我们讨论了几个小时就结束了，但总有其他的讨论在等着我们。在18日的人们的旅行故事，可怕的或有趣的，重大事件或节日期间的小小经历。每两天或三天后，大多数人又会继续前行。

第2896次

她来了，那个穿黄色夹克的女人。她叫维卡·马尔斯，但她来的时候没穿那件夹克。尽管如此，索尼娅还是觉得这群人有些眼熟，即使没有夹克，即使这群人是八个人，而不是她和彼得在米兰看到的那五六个人。

这群人来到我们的栅栏门前时，彼得和索尼娅正在修理我们的自行车。换言之，那时他们刚刚完成手头的工作，正准备去寻找做床罩用的布料。他们先是准备好了其中两辆自行车，但随后他们发现有几辆自行车没气了，就开始给其他自行车打气。因为彼得无论如何都要去一趟地下室，所以他还带上了一罐链条润滑喷剂。给链条上完油后，索尼娅坚持要把自行车的刹车也修一下，因为她在转动车轮时能听到剐蹭的声音。除此之外也没什么别的可做的了，因为现在房子前面已经修好了十一辆可以骑的自行车，而他们只需要两辆。索尼娅刚把打气筒、机油和内六角扳手放回地下室，他们正准备走下车道，一伙人向栅栏门走来。他们没有按对讲机，因为栅栏门是开着的，但他们犹豫了一下，抬头看了看房子。彼得确信他以前见过他们中的一些人，并猜想他们是来参加过某个会议的，但他不记得是什么时候了。他向他们挥了挥手，好像他们是老熟人一样，但他们站在门口有点儿不知所措，索尼娅小声告诉他，他们一定是新来的。她赶紧招手让他们进屋。她说，房子里有人，门也开着，他们只要进去就行了。

过了一会儿，彼得和索尼娅骑上自行车，穿过郊区的居民区时，他们意识到新来的人可能就是他们在米兰看到的那群人。他们不知道为什么会这么想，因为没有什么黄色夹克。也许是其中一个人在头发上系了一条丝巾，也许是另一个人翻起了大衣领子。他们不确定。

我们吃晚饭的时候，彼得和索尼娅已经回来了。他们在一家二手店找到了一些旧桌布，认为我们可以把它们做成茶巾，但他们并没有按计划走那么远，好奇心驱使他们很快就回来了。他们是对的——这八个新来的人中的五个在米兰大教堂广场的时间正好是彼得和索尼娅访问这座城市的时间。没错，维卡·马尔斯本来有一件黄色夹克，但她把它落在了南方的某个地方。芬恩·卡瑞尔经常把衣领翻起来。他说，尤其是在秋天。也许就是这个领子，再加上他的发型，让他们想起了大教堂前的那群人。

新来的这八个人说，他们通常在秋天来这边——德国、法国北部或荷兰。当然，为什么说的是秋天，他们必须解释一下。因为不然还能是什么呢？他们告诉我，他们冬天的时候往北走，夏天的时候往南走；或者说，如果有季节的话，他们应该是冬季往北走，夏季往南走。奥尔加笑了，说起了我创造四季的失败尝试。我也止不住地笑了，因为这是我第一次遇到有同样想法的人。很多人都希望有阳光明媚的日子，有时也有人怀念下雪的日子。他们中的一些人也曾出发寻找他们想要的东西，但只有我一个人渴望有规律的、缓慢的月份进展和稳定的季节更替，直到现在。

我讲述了自己在哥本哈根与那位气象学家会面的情景，讲述了她是如何帮我找到拍摄地点、表格和降水量图表的，因为那时我告诉她我在为一部电影寻找外景地。但我一直孤身一人，在旅途中没有遇到任何其他人。

维卡·马尔斯和芬恩·卡瑞尔是在五六百天后相识的。他们的开始和大多数人一样——困惑和不安，然后是不再孤独的喜悦。后来，他们遇到了基拉·梅龙，她建议他们和她一起去北方寻找冬天和雪。他们在芬兰遇到了斯蒂文·卡尔，而彼得和索尼娅在大教堂广场看到他们的前几天，他们在米兰偶遇了蒂亚·庞萨蒂。他们认为，那一定是在他们度过第三个夏天后决定北上的路上。他们第一次寻找夏天去的是西班牙，但这次他们去了西西里岛，而米兰之行则是在去往秋天的路上。

时间停滞时，蒂亚正在米兰读大学，大部分时间都待在城里，直到遇到其他四人并与他们同行。没有人注意到彼得和索尼娅在咖啡馆里，尽管蒂亚经常坐在他们坐过的地方。她说，如果只有她一个人，她可能会注意到不速之客，但如果自己是一伙人中的一员，就不会看到那么多东西。

一段时间后，他们见到了我们最后三位新客人，莱昂·巴蒂娜和米尔斯·达兰，他们此前已经认识了塞·马特尔。是他们听说了不来梅的房子，并决定一起来这里，但直到站在栅栏门前时，他们才确定我们的存在。

吃完饭后，我和卡尔娜帮新来的人找床垫和被褥。我们在亨利的房间里为其中几个人准备了床垫和被褥，因为在上次见面后不久，亨利就和吉塔一起去了列日。其中两人搬进了车库那边罗西和玛丽斯的公寓。他们没打算长住。当我们为他们在这所房子里的第一晚做准备时，基拉说，他们会再次起程，但他们想在我们的会议日和他们的秋季重合时来参加我们的会议。

晚上，我们聚在客厅里，我突然有一种想和他们一起北上的冲动。如果亨利在这里，我可能会建议他和我们一起去。他偶尔会建议我和他一起去挪威，但那得是他们下次来的时候了。因为他现在在列日，而我还没准备好去旅行。

基拉一行人谈论他们的旅行时，我感到一种奇怪的共鸣。我感受到了他们对四季的渴望。我并不惊讶于还有人梦想着四季，梦想着白雪和春风，梦想着夏日的傍晚和温暖的秋日。我也不惊讶于他们为了寻找四季而旅行。让我感到惊讶的是他们的坚持不懈，是他们能够保持季节的概念，仿佛季节是存在的。他们并不只是想生活在11月18日这一天。

但基拉不明白怎么有人会想生活在死气沉沉的日子里，比如住在不来梅的房子里。我告诉她，日子过得很快，我们并不觉得停滞不前，我们喜欢灰暗的光线。我们在玻璃温室里种了芽苗菜，还种了橘子和柠檬。她能闻到吗？早上下楼的时候会闻到一点儿柑橘的香味，有一种把夏天引到室内的感觉，因为在屋里待了一段时间后，花蕾已经悄悄地开始开放了。土豆结出了小块茎，我们也已经吃过了。仿佛在我们的共同努力下可以让时间流动一点点。

我说，我觉得这些季节是不真实的，从长远来看不是。这就像是一台大机器，有时它会吱吱作响，然后无法维持这种幻觉，但基拉认为这不是问题。她说，季节总是有点儿偏差的，即使是真的季节也是，不能指望它们总能信守承诺。事实上，她认为，在11月18日，季节比其他时候更容易确定。我们可以稍微换一下地方，更北一点儿或更南一点儿，你就能调整一下自己的季节，到了明年就会好一点儿了。

我说，但春天很难捕捉，她也这么认为。她说，另一方面，春天很快就过去了。是的，树上还挂着秋叶时，很难相信这时是春天。冬天就简单多了，总能找到有雪的云杉林。他们曾想过春天去澳大利亚。那样问题就解决了，因为那将是真正的春天；或者去新西兰，和他们一起旅行的几个人已经去过那里了。第一年他们回来是为了寻找冬天，但从那以后就再也没有人见过他们了。也许他们已经得到了他们想要的所有季节。

当我们坐在壁炉前谈论时，海伦娜·伊巴特说了句“一日四季”①。她开始谈论在澳大利亚的日子。这次不是谈论海，而是谈论那之后的时光。她说起“墨尔本天气”②，然后说起这座城市多变的天气。如果想要不同的季节，在那里就能实现，至少变化很大。墨尔本有从四面八方吹来的风，从南极洲吹来的凉风，从北方吹来的暖风。她确信，可以在南半球创造一年四季，而且这并不是什么难

---

① 原文为英语，Four seasons in one day。

② 原文为英语，Melbourne weather。

事。一个值得相信的春天。还有夏天，真正的夏天。愿意的话，可以在山上创造冬天。她确信这一点，值得一试。但海伦娜自己并不想去，她在不来梅过得很开心。

拉尔夫立即想知道是否有人计划前往南半球。他想要得到新的地方的数据。我觉得，基拉和她那一行人应该觉得我们很奇怪。一群收集事故和重大事件的人，一群习惯于吃垃圾的人。他们的家里摆放着特别重的古老沙发，散发着淡淡的樟脑丸气味。家门口停了好几辆自行车，而且只有在必要时才会开车出行。

我觉得，他们对我们的食物、衣服和我们共同创造的所有东西，以及我们拼凑起来的生活小片段感到惊讶。我理解他们的意思——突然间，我认出了一件日复一日穿过的衣服，一件记忆中的裙子，所有我们随身携带的故事。突然间，它们就在那里——被剪裁、缝制、严丝合缝地缝在床罩或枕头上。我想他们在惊讶，为什么我们彼此如此纠缠，为什么我们在一个可以拥有一切的世界里生活得如此简朴。早餐时他们吃到了奥尔加制作的有脆籽的葡萄酱或加了柠檬的苹果酱，都没有显得特别兴奋，但这就是我们所能提供的。今天早上我去地下室给他们找别的东西，我指的是几罐杏酱，是奥尔加很久以前做的。她一直留着，等特殊场合再拿出来吃。但我还没走到地下室就转身走了，我觉得她不会把挑剔的客人当成特殊场合的。

第2903次

很难知道我们是否还是人类。莎拉就是那个心存疑虑的人。她说这话的时候是笑着的，但她是认真的——她觉得自己像别的东西。她不知道是什么，只是觉得自己是另外一种东西，不是人类，不是动物，不是鬼魂、怪物或神话中的生物，然后人们开始提出各种可能性。我们如果不是人类，还可以是什么呢？女巫和妖精，精灵和仙女，小天使，男神和女神，魔鬼或怪胎，畸形人或荷蒙库鲁斯[①]。有些人开始谈论外星人、改造人、克隆人和人形机器人之类的东西。莎拉说，但也不是那个。

有时，她会想念一些人。普通人，或者真实的人，或

① 拉丁语为homunculus，指相传在欧洲中世纪被完整创造的微型人类，在16世纪炼金术和19世纪小说中广为流传。——译者注

者正常的人——想念她的女性朋友和男朋友，想念她的家人，想念她的同事。但她宁愿待在这里，宁愿变成别的东西，和我们一起。反正大部分时间都是这样。

她认为，我们在这一路上一定发生了什么事。有什么东西从我们身上掉了下来，或者我们被什么东西击中了，可能是一种病毒，一种流感。有什么东西在我们的大脑里留下了烙印。也许是时间停滞带来的冲击的后遗症。一种天气现象改变了我们。一片云层，既不是雨也不是雾，只是淡淡的云雾缭绕。某种变化来自内心或外界，或者两者兼而有之。

有人以为我们会发疯、恐慌、崩溃和破碎，但完全不同的事情发生了。这是一种均衡。就好像有人调制了一种药剂，混进了我们的食物里，混进了我们的汤和炖菜里。这是一种无须惊慌的感觉，一种橱柜里常备的“我们能做到”的饮料，一种平静的感觉，一种消失的抵抗力量。

或者是缝在家具和衣服里的东西，一种温柔的感觉。她说，就好像我们自己变成了羊毛沙发、椅子和五颜六色的凳子。但她不知道为什么会这样，也不知道是怎么发生的。她试图解释时，大家都笑了，因为莎拉描述一切的方式都很复杂。相比于她的长篇大论，她站在那里拍拍手臂更容易让人理解。她一直在读书，也许这就是原因。感觉她用与众不同的眼光看待这个世界。她会好奇，会思考，会迸发出奇异的想法。

但她是认真的。即使她放弃解释之后又一次笑了。我们是别的东西，或者说我们已经变成了别的东西。也许，我们正在成为别的东西的路上。好像有什么东西影响了我们，我们身上的某些东西被大雨冲刷掉了或者是被狂风吹走了，我们内心的疼痛已经得到缓解。

我稍微谈了谈我被改造的感觉。我说那感觉就像扫过一条路，像铲过积雪。是大脑的重塑，诸如此类。

阿德里亚诺认为这是完全不同的事情，而且更简单。重复的一天给我们留下了一个特殊的空间，在这里我们不必时刻注意我们的进展如何，我们是否缺乏动力，是否有人挡路，我们是否能跟上。这更像是一种压力的释放。老鼠赛跑、仓鼠转轮、前途未卜的职业生涯和充满竞争的社会，诸如此类。

接下来怎么办？谁在向我们施压？没有人。我们要去哪里？哪儿也不去。人们对我们有什么期望？没有。我们没有生活在一个充满碰撞和障碍的世界里，我们不是彼此的对手，也不是彼此游戏中的垫脚石、帮手或棋子。我们不必强调自己、表现自己、定位自己、加快速度或到达终点。我们不需要任何东西。我们不必为了工作、声望和高薪而互相争斗。我们不必用汽车、房子、小玩意儿或华丽的衣服来显示自己的地位或财富，因为每个人都可以拥有同样的东西，只要他们想要。

相遇之前，我们已经孤独了很久。我们失去了一切——我们的未来和期望。我们本该实现什么？我们的期望是什么？什么都没有。甚至我们的讨论也没有任何进展，因为谁会从正确中获益呢？我们需要打动谁？彼此吗？但是，既然犯错是安全的，为什么还要犯错呢？我们是否应该害怕对方？是否应该害怕说傻话？我们应该担心对方的眼神吗？担心有人会翻白眼、疏远我们或窃窃私语吗？我们应该害怕持有奇怪的观点吗？但在这个奇怪的世界里，谁又不会想些奇怪的事情呢？

但我们是人类吗？如果我们不再是人类，我们又是什么？莎拉就是那个想要答案的人，尽管她知道这个问题有些不对劲。我们还剩下多少属于“人”的成分？在生活变得如此缓慢且几乎停滞的时候？马克说，还有如此简单的时候，但被卡尔娜打断了。

她想，也许我们就是组合柜，组合柜里全是抽屉。也许我们是象牙、乌木和其他偷来的材料做成的插花和把手。也许我们是地板，或者是瓷砖地板，闪亮而有光泽，或者是精致的木质地板，没有一点儿嘎吱声。

现在，各种建议扑面而来，速度之快让我们都跟不上。托娜说，是一块地毯。她想，我们是潮流和气味交织在一起的地毯，色彩交替，缤纷或柔和。我们住在这里或来这里旅游，安静或喧闹。地毯由柔软的羊毛线或尖锐的细线编织而成。但总是相互交织在一起，我们可以继续编织这张地毯。

有人认为，或者是公交车站，一个避雨的地方，有一间候车室，墙边有长椅。在这里等吧，但是等什么？我们可能是推拉门，轻轻松松就能推开，开开关关。或是烟囱，花束，破旧宫殿里的老圆柱，笼子里的鹦鹉。成田说，我觉得自己更像面包屑，或者面粉。是某种物质，一种可以测量但无法计算的东西。是一堆锯末。玛丽斯说，或者是一种液体，一杯水、一条河和一场雨。我们继续这样说着，持续了很久，因为一旦开始就无法停止。

但在时间停滞之前，我们是人类吗？也许我们并没有改变，也许我们从一开始就是别的东西？马克说我们从一开始就是别的东西。也许是小丑，有一个红鼻子。或是彩色气球，轻盈飘逸。于是，我们就在这里，被扭曲成形。是气球小动物，相互缠绕，变成一只狗、一匹马或一只鸟，或是一顶可以戴在头上的帽子。

我觉得，莎拉并不觉得我们有什么进展，但她笑了，认为我们什么都是。奥尔加突然有一种想去夜里走走的冲动。她建议我们一起去走一次夜路。在黑暗中感觉更像一个人。有些人提出抗议，因为我们现在是坐着的。奥尔加和安东坚持要去，过了一会儿，我们几个人和他们一起走进了夜色中。这并没有让我们觉得自己更像人类，或更普通，或更正常。但我们——一堆凹凸不平的小柱子、鹦鹉、烟囱、组合柜、气球小动物，或者我们更像的那个东西——在黑暗中走着。

第2947次

玛蒂娜·帕兰说我们太像了，彼时我们正坐在早餐桌旁。家里到处都是人，因为我们要开会，还有客人要留宿。她其实没来得及解释她的意思，因为总是有新进门的客人要接待，总有咖啡要煮，几位与会者在沿途的大型超市买了一些时令产品。

艾卡特里尼·埃尔布斯一行人刚刚抵达，他们来自奥斯纳布吕克。他们把一箱又一箱的东西搬进了厨房，而从列日来的卡雷尔·瓦尔贝克则带着一桶啤酒和几桶刚过保质期的葡萄酒。不难猜测，这一天将以一场派对结束。

玛蒂娜本想多说几句她认为我们有多么相似的话。她在我们的杯子里，或者说在我们桌子上的那堆纸条里放了一张纸条，因为纸条实在是太多了，所以杯子就放在那里，有缺口，杯底还有古罗马硬币。经常有人坚持要把纸条放进杯子里，这个人通常是罗西。但我们最终会找到一个袋子，把纸条放在里面摇啊摇，直到每个人都满意为止。

胜出的是实用性话题。经常都是这样，因为实际问题比较多。这一次，我们讨论的是护照和身份证的签发问题，因为越来越多的人因为身份证过于破旧或长得不再像护照上的人而被拦下。这种情况发生在机场和边境口岸，发生在图书馆和医院，发生在所有需要表明身份的地方。

有些人认为，我们应该联系我们本国的护照制作方——不是官方的那种，因为这样做太慢了，而是去灰色地带，那样我们也许能够避免这种情况。但其他人认为这样做太困难了，我们来自太多不同的地方，我们应该找到一两个国家，在那里我们可以很快建立良好的联系。既然如此，我们是否应该确定一个共同的国籍，我们是否应该学习相应的语言？我们是否应该组织语言培训班，何时何地举办？在我们讨论语言课程是否应该每周集中授课，或者是否应该尝试在网上开设课程之前，拉尔夫和他身边的其他几个人则坚持认为，依靠欺诈和腐败是不明智的，这是一个麻烦，有很大的风险。我们不愿意因为携带假护照和假证件而冒着被逮捕的风险。或许我们当中有人有被逮捕和监禁的经历吗？如何脱身？如果孤立无援，无法相互联系，如何获得帮助？

他认为，更有意义的做法是收集有关信息技术发生故障或缺乏管控的地点和时间的信息，我们必须找到小路或绕道而行，并练习转移他人注意力。他自己在工作场所就遇到过这样的问题，他无法确定自己的门禁卡能否正常使用，但这是一个时机问题，如果在领导们离开公司时起身边走边和他们打招呼，或者装作在路上和人说话显得很急很忙，就不太可能在门口被保安拦下来。他认为这就是解决办法——找出避免被拦下的办法。大多数人都认为这才是我们该走的路。解决问题的关键在于信息和时机，在于找到小路或绕道而行。很快我们就成立了一个工作组来负责这项任务。

第二个话题是米尔丝·达兰的报告，她在与基拉一行人一起旅行后，放弃了她的季节，定居在西班牙。她遇到了某一群人中的两个人，我们以前都没听说过这群人。显然，他们成功地种植了几种蔬菜，一个应该是快速生长的菊苣，另一个是一种沙拉菜。事情的起因是，他们搬到了一个人烟稀少的地区，那里以前曾盛产蔬菜，但气候过于干燥，降雨量过于稀少，村子里的老式大棚最终都被废弃了。那群人有八九个人，一起搬进了几个大棚，修补了玻璃，发现一些自种的沙拉菜开始发芽。可能在某个阶段，有些植物发育不良，枯萎了。但无论如何，结果是值得注意的——在停滞的一天里长出了新鲜的沙拉菜叶。

我们花了很长时间讨论这一切是如何发生的。水是怎么来的？那里的11月18日正好是下雨天吗？水库如果蓄满了水，第二天水是否又会消失？我们讨论了气温和日照时间，但由于没有人知道任何事情，我们也就作罢，并同意派出一个小组。拉尔夫自告奋勇，但他想再等一等，因为他工作的地方还有一些事情要做，所以最后只有米尔丝和萨拉去了，还有四五个人在当天晚些时候自告奋勇。拉尔夫稍后会加入他们，奥尔加可能会和他一起去。

晚上的时光以派对结束，和料想的一样。直到昨天早上，玛蒂娜才重提我们有多相似的说法。她说，在我们见面的时候，她一直在想这个问题，因为这很明显。我们太相似了。这并不是说我们都变成了组合柜或气球做的帽子，也不是说我们是否还是人类。也许更多的是因为我们会讨论这些事情，不仅仅是莎拉，而是我们所有人。我们花时间开会讨论最奇怪的事情，讨论语言、悲伤、救援行动和在车里的“我”，好像这是世界上最自然不过的事情。

在玛蒂娜重申了她的说法时，成田·哈丁说，人们总是有点儿相同的。我们在厨房里的人不多，派对后大家都很疲惫。大多数参加会议的人都走了，餐桌旁又有了很多空位。疲倦让大多数人都忽略了玛蒂娜的说法，但这并没有让它消失。今晚我们坐在客厅时，奥尔加又提起了这件事，因为她想知道玛蒂娜是什么意思。她自己认为我们很不一样，我们的想法不一样，想要的东西也不一样，但环顾四周，她发现了这一点：我们很相似。但这并不奇怪，因为我们在停滞的日子里共同生活了那么久。我们在房子里走来走去，在我们过于简单的生活中，我们互相模仿，我们照镜子，模仿，倾听。她还说，甚至是现在。她说，看看我们的坐姿和长相。我们怎么说话，怎么穿衣服。

但这不是玛蒂娜的意思，而是别的意思，也许很简单。玛蒂娜只是觉得，我们大多数人的背景似乎都差不多。无论是我们这些在家里的人，还是参加会议的人，以及我们遇到的其他人。我们是相当同质化的人群中的一部分，一个有限的社会子集。她指的是我们的过去和现在。她说，看看我们。没有老人，没有穷人，也没有富人。她还说，或者至少在18日之前没有，从那时起我们都是富有的人。我们中的许多人来自欧洲。每个人都会说英语或德语，也许还会说法语。我们中的许多人是在有多种语言的家庭中长大的。我们中的许多人中途放弃了接受教育，大多数人走过弯路和学过旁门左道。许多人做过临时工，或者在一天的工作停顿下来时发现自己身处荒郊野外。有孩子的人很少。许多人正在旅行，或者对未来感到迷茫。因此，她认为，从这个角度来说，我们都差不多。一群怀疑者，处于十字路口的人或旅行者。我们是一群身份不明确，对生活充满困惑的人。

艾卡特里尼·埃尔布斯说，也许我们只是松散的人。会议结束后，她留在了家里，尽管其他来自奥斯纳布吕克的朋友在下午回去了。艾卡特里尼——或者说特里尼，她更喜欢别人这样称呼她——觉得她必须进一步解释一下自己的意思。她说，她想到了秋天的一天。黄叶飘零，微风轻拂。也许我们是最松散的树叶。大概就是这样。我们松松散散地坐着，被一阵风吹走，又被风吹着，独自或三五成群地四处飘荡，渐渐地，我们在这里或那里，在角落里，在树篱下，在公园里安家落户。我们是黄褐色，很干燥，很平静。现在我们就坐在这里，在风中沙沙作响。

听了特里尼的描述，大多数人都笑了，但没有几个人觉得自己像树篱下的枯叶。我说我没有特别松弛的感觉，更像是被固定住了，就像我们从地下室拖上来的厚重沙发，有一种想留在原地的冲动。我也不曾有过疑虑或窘迫。我最大的疑惑是T.&T.塞尔特是否应该开始做书籍以外的生意？比如科学插画，或者我们是否应该养鸡。诸如此类。我认为，我着陆在我该在的地方。

玛蒂娜说，也许是你这么觉得。我们当中有好几个人肯定都是这么想的，但我们也着陆在这里了。我不得不同意她的观点，因为我喜欢这里，我哪儿也不去，即使我有一闪而过的离开的冲动。

伦克说，他认为这是真的。他在会议和聚会上都想过这个问题，他和玛蒂娜站在吧台前。他认为这是事实，我们很相似。他说，我们这群人里没有扫烟囱的工人和股票经纪人。我们没有流浪汉、坐船来的难民或退休主妇。我们没有伯爵的未婚女儿，也没有在梧桐树下打滚球[①]的老人。我们没有渔民、宠物店主和骨粉生产商。我们中也没有体育界人士——足球运动员和体操精英。我们没有船长或火车司机，我们也没有垃圾收集者和裁缝。

拉尔夫认为，这一定是纯粹的统计和概率，是巧合。这里怎么可能会有扫烟囱的工人？世界上一共才有几个扫烟囱的工人？其中某个扫烟囱的工人被困在18日的概率能有多大？股票经纪人或者其他职业的人也是如此。但现在大家开始来回争论，因为我们当中有几个人认为他过快地得出了结论。统计学很难解释这一切。

有些人则认为答案完全不同。也许有很多人比我们更容易被困在18日的地洞里，但我们只遇到了那些长得像我们的人。也许我们错过了其他人，也许我们没有去相同的

---

① 一种锻炼手眼协调和上肢动作控制能力的技巧性体育项目。该项目包括单人赛、双人赛、团体赛、双人和团体的融合赛。该项目于1995年正式列入世界夏季特殊奥运会比赛项目。

地方，也许他们只是被忽视了。

契妮说，也许不是每个人都会在德国火车站四处寻找寻人启事。如果有人总是坐飞机或开车旅行，怎么会知道不来梅的一栋房子里坐着一群人呢？诚然，她自己并不是在看到我们的海报后才找到这里的，但很多人都是这样。在我们中间，年轻的火车旅行者占了一定的比例。此外，她还说，必须抱有一丝希望，才能对这样的海报做出反应。决定出去寻找，或者去跟踪夜行者。也许我们才是那些仍然希望得到解释、解决方案和出路的人？

谁知道其他人在哪里？成田说，如果他们存在的话。我不知道我们中是否有人已经死去或消失得无影无踪，我们知道有多少人已经疯了或走投无路了吗？也许其他人在精神病院，也许他们只是放弃了，甚至都不去了解发生了什么。如果我们好好找找，会有多少这样的人呢？她问，为什么这里没有八九十岁的老人？如果我们自己也是白发苍苍，也许会遇到更多的老人。

但谁说他们在这里？扫烟囱的人、股票经纪人、孩子、老人，还有那些我们没找到的人？也许只有我们。丹尼尔说，也许只有我们找不到出路。我们是立刻停下脚步的傻瓜。我们好奇，准备好接受令人惊讶的事物，并思考日期的停滞。是我们做了什么，还是没有做什么。有没有我们可以自己解决的问题。也许是我们的天真让我们坚持了下来。谁知道一直被困在一天是否正常？也许大多数人都会匆匆离开，以为这只是一场梦。我们就是那些没走到出口的傻瓜，那些找不到回家路的人。奥尔加说，这很吓人。让娜说，也许这是个测试，一个非常奇怪的测试。马克说，也许是个玩笑，但这次没人笑了。

我们坐了一会儿，思考着时间停滞是否真的发生在很多人身上，而我们只是拉尔夫所说的缺乏返回能力的人，是18日抹去了我们之间的差异。

很多人都说，我们和其他人一样，都是与众不同的。亨利说，但这并不能改变玛蒂娜说的事实。亨利在列日待了很长时间，意识到我们的相似之处不仅仅是在不来梅，其他团体也是如此。他说，我们当然可以找到不同之处，但我们几乎都是西方中产阶级，是非常标准的欧洲人。唯一不同的是，我们不再需要为生计而工作。他说，欢迎加入有闲阶级[①]。

---

① 原文为英语，Welcome to the leisure class。有闲阶级是经济学名词。指有资产，不需要拥有固定职业，生活休闲以社交娱乐为主的阶级。

我说，他以前说过这话，在我们还是只有两个人的小团体的时候；或者说，我们以为我们是这样的时候。但我喜欢这样的想法——我们是一个完全不同的团体——我们是被困在11月18日的傻瓜团体，而其他人都及时逃了出去。正常人会伸出援手，奋起反抗，他们继续睡觉，把错误的报纸退回去，然后要求别人给我们正确的报纸。

我们是慢吞吞的人，是轻松的人。也许我们太有礼貌了，以至于无法从18日砸出一条路来。我们轻轻地敲了敲出口的门，如果没人回应就退回去。我们没有踹门。我们是那些感到疑惑的人，那些忘了带回程票的人，那些在途中丢了票的人。

奥尔加说，现在又是我们自己的错了。我们是愚蠢的、失败的、软弱的和无力的。我们是有耐心的蠢人，是好奇的傻瓜，是有礼貌的笨蛋。

皮娅·卡尔列维奇回到了讨论中。我们觉得一样吗？我们一样吗？她同意玛蒂娜的观点。我们太相似了。皮娅说，也许我们的父母更不一样，然后我们开始谈论自己的父母，但即使有区别，也不是很大。我们大多数人的父母都可以说是普通的欧洲中产阶级或来自其他大陆的移民，受过良好教育，通常来自大城市，既不富有也不贫穷。在父母中仍然没有扫烟囱的人或股票经纪人，但有泥瓦匠、教师、图书管理员和地方议员，有政治家和艺术家，还有一名火车司机和一名装潢工人。奥尔加的父亲是一名厨师，她的母亲早早生下了她，做过酒店生意。时间停滞时，奥尔加和她的姑姑住在一起，她的姑姑是一名教师，她曾和她的中产阶级朋友一起参加过示威游行，虽然她抗议过，但亨利认为她和我们大多数人一样，是普通的中产阶级。罗西的妈妈是一位著名的心理学家，但她的爸爸却是贫穷的移民。还有阿德里亚诺的父亲，他其实是个贵族，但他们并不富裕。过去唯一的遗物是他们客厅里一盏奇特的吊灯，相当丑陋，与他童年的其他家具格格不入。阿德里亚诺并不介意别人称他为中产阶级，尽管他可能是穷人中的穷人。于是我们开始讨论经济、文化和教育，很快就变成了技术性的讨论。可以看出在场的几个人以前都讨论过这个问题，特别是亨利、奥尔加和罗西，还有伦克和玛蒂娜，我们其他人睡觉的时候，他们经常整夜在客厅里待着。但这并没有改变什么，我们还是老样子。

玛蒂娜突然说，我们还是谈谈我们的祖先吧，这样我们可能会有所不同。我们就这样做了，于是我们说了。我们变得与众不同；或者说，至少我们分出了很多方向，以至于很少有人能跟得上，但这并不重要，因为过去的一切在我们周围生长起来，植物向四面八方缠绕、生长、开花和结果，直到我们坐在一片奇怪的森林里，一片杂草丛生的灌木丛里，一片花草丛生的草地上，一片万物疯长的花圃里，一个杂草丛生的过去的凉棚里。

这是一个最奇特的夜晚，我们追溯历史，见到彼此的祖父母和外祖父母、曾祖父母和曾外祖父母、姑姑、叔叔和舅舅、曾叔叔和曾舅舅时，我们清楚地意识到，我们不仅彼此纠缠在一起，我们还纠缠在彼此的过去之中。我们一起着陆在18日。我们曾坐在一起，倾听、交谈并相互模仿，我们曾缝纫、绘画、建造、修理、酿制、烹饪和烘焙。也许我们都太相似了，但我们就在那里——与彼此的家庭纠缠在一起——我们的祖父母和外祖父母处于战争的对立面，有阵亡的，也有归来的；有难民，也有农民和产业工人；有罪犯，也有受害者；有扒手，也有被驱逐出境的囚犯；有女裁缝，也有牧师；有水手，也有家庭主妇；有珠宝商，也有布商、伯爵、挤奶工、佃农、助产士、革命者、警察、扫大街的、磨坊主、擦鞋童、稻农、园丁、纺织工、家庭教师、女权运动者及奇特等级制度中的官员。

所有人都带着自己的声音来到客厅——渔船声、蒸汽机声、羊群上山的铃铛声、空袭警报声、孩子的哭声、集市的哄闹声、锯木厂声、联合收割机声、锅碗瓢盆声和安静地翻阅旧图书馆书籍的声音。我们不再了解我们是不同还是太相似，但我们是两者兼而有之，彼此纠缠在一起，或生长在一起，距离太近，无法分辨事物的起点和终点。

第3112次

我们在时间的容器中欢聚一堂，如果时间是一个容器的话。我们在玻璃温室里的早餐桌上相聚，晚上在客厅里相聚。人们来了又走，日子过得越来越快。

幸福的相聚。可以这么说吗？我不知道。人在想念的时候还能幸福吗？我切着蔬菜。如果卡尔娜·耶里累了，我就劈柴。我坐在玻璃温室的桌子旁。奥尔加进来了，稍后亨利·戴尔也来了。亨利要出去采购食物，我和他一起去，所以我就可以在附近转转。这当然是可以的，可以幸福。和朋友们住在一起可以幸福吗？这是可以的。当然是可以的。

托马斯在家里散步时，我可以幸福吗？当然可以。我不是唯一一个，还有其他人在想念着。我们等待，人总是这样，总有人会想念。想一想吧。想想那些想念着什么并且还活着的人。日复一日，日子就这样过去。想一想吧。当然，这个过程也可以感到幸福。我在厨房里打开包装，酿制食物，摆放盘子。我在水槽里冲洗蔬菜时，一切都变得简单了。我把东西切片、切丁，并想着过去。他们想念时都在做什么。历史经验发挥了作用，虽然只有一点点。

我不知道如何能够习惯这些日子，但这是可以做到的。我想起了其他日子，和托马斯在一起的日子——骑车的日子，风雪交加的日子。我想起了罗马人，想起了和亨利在维森威格的日子——在厨房讨论的日子，安静的夜晚，在城市中漫步的时光。我想起奥尔加和拉尔夫的声音，想起四个办公室职员从不同楼层进入电梯。而现在我们在这里，而且我们的人数越来越多。

今晚我们谈到了想念，这让我很想念，但也许我最想念的还是那份想念。是那份对托马斯的想念，因为它已经远去，或者它已经以另一种形式出现。我想着他在屋子里走来走去，想着他在等的人是我。但我意识到我昨天才见过他，17日那天。为什么我已经开始想念他了？明天我还会再见到他。19日那天。我说，很快了，明天很快就会到来，尽管可能还有很多天，如果明天会到来的话，但永远无法知道明天会不会来。今天就是今天，日子融合在一起。今天与今天融合在一起。这不是灾难，这只是停滞了的一天。我很清楚，托马斯在他的房子里很幸福，他不会想念我，因为我明天就会回来。

事情就是这样，我知道是这样。托马斯没有我也很幸福。我一直都知道这一点。没有塔拉这个人，也不会把一大堆日子扔在他面前说——看看我们之间发生的一切。托马斯在他的客厅里很幸福，我在我的客厅里也很快乐。他在厨房里很幸福，在花园里摘韭葱的时候也很幸福。也许他在雨中也很快乐，即使湿透了。他是篱笆旁的一个黑影。我想他是幸福的，但如果我把我所有的日子都加在他身上，他就不再幸福了。

这一点我不明白——他想着我，我想着他，我们都很幸福。这一点我现在才理解。这让我头晕目眩，一种程度更深的眩晕。我独自一人，不依靠任何人，或者几乎不依靠任何人。

第3261次

奥尔加说，你们又在分享旅行的回忆了。回来的是基拉一行人，他们向我们报告了不同季节的生活，有在北方的，也有去南方的。他们在谈论冬天的菜肴和雪地里的餐馆，谈论春天的聚会和夏天的夜晚时，奥尔加坐在一旁，脸上带着怀疑的神情。或许是因为她是这样想象的——他们耗尽了世界，所到之处都被摧毁了。

她称他们为季节怪物。我觉得自己也被影射到了，至少是有点儿，因为我自己也经历过这个时候。我曾经是冬天的怪兽和春天的怪兽，我曾经是夏天的怪兽，我现在还在努力避免成为秋天的怪兽。

奥尔加说不理解我对虚假季节的渴望，但我不知道自己是否渴望虚假的季节。我想起了老塞尔特花园的冬天：带着冰霜的花茎，花园里的韭葱，屹立不倒的鼠尾草带着绿色和淡淡的蓝色，还有只落了一点儿的雪。我不需要那种会落在地上的尖锐冰柱，我也不渴望会让汽车偏离方向的雪路，或是危险的溜冰场。

但是，是的，我们分享旅行记忆。我们谈论巧合，谈论我们都去过的地方，比如雪中的旅店。他们冬天去过好几次了，往北走很容易就能找到。也就是说，现在他们找到了一个更远的地方，那里的食物更好。塞·马特尔说，还有滑雪场，那种好的滑雪场。

奥尔加想知道他们是否考虑过资源问题。这不是她通常会问的问题，但他们当然考虑过。斯蒂文·卡尔计算过，如果他们分散得特别彻底，很长时间后才会有人意识到他们的存在。

他们说，他们计算过，并且他们对自己的旅程有了新的认识。从大局来看，他们没有造成任何伤害。他们知道自己可以毁掉一个地方。他们注意到在有些地方留下了足迹，但随后就会转移并找到新的地方。这是一种平衡。就像在滑雪场上一样，侧着滑行，只需倾斜到必要的角度。

他们知道他们的生活并不像我们在这所房子里那样简朴，即便如此，八个人——有时只有七个人，有时更多——对世界施加的压力是有限的。飞机还是飞起来了，或者说大部分飞机都飞起来了。火车在运行，餐馆在营业，轮船在航行，食物出现在菜单上，而且从一个菜单到另一个菜单。变化都是自己发生的。它们努力让季节一年比一年好，雪一年比一年白，饭菜一年比一年可口。

他们兴奋地谈论着那些地方。我在寻找冬天的地方时看过一部冬季电影，就连这部电影听起来也比我当时在旅途中看的更有趣了。基拉和塞·马特尔邀请我们参加一个有10月电影的电影晚会，因为在他们的世界里，那就是10月，尽管他们误入歧途，过早地北上了，因为他们认为现在不来梅不是10月。

基拉说她很难找到10月，光线很容易出错。我告诉她克利希苏布瓦10月的感觉，雨停的时候，阳光会突然照射进来。10月的气息瞬间从林间渗出。我说起在杜塞尔多夫寻找10月，说起庭院里的阳光，说起在金色笼子里的日子，但我知道——我所有的季节都是11月。五彩斑斓的11月18日。

在奥尔加眼中，基拉一行人就像一群蝗虫。他们蚕食世界，一旦餐厅、咖啡馆或商店被他们吃空，他们就会要求更多。我理解她，但我说我觉得认识基拉令人愉快。她让我想起了10月。我不想要10月，但我希望想起10月。我不想成为一群蝗虫，我宁愿成为一群甲虫、蛀虫和堆肥里成群的蠕虫。我宁愿照顾好剩下的东西，而不是不断寻找新的土地并摧毁它们。我说，我更愿意待在这里，但我很高兴他们来了这里。

我不知道他们是不是季节怪物，也许他们是愿望怪兽。他们不问有什么可以获得的。他们问自己想要什么，然后出发去弄到那些东西。他们的愿望越来越多——新的地方，比去年夏天更好的夏天，新的冬季菜肴和从远方森林采摘的新鲜蘑菇。他们希望有新的朋友和旅伴，他们希望有新鞋和新鲜浆果。斯蒂文想知道，许愿有什么错呢。得到想要得到的东西，又有什么错呢。

现在索尼娅如愿以偿了，因为维卡·马尔斯刚刚到。她穿着那件黄色夹克，不仅如此，她还拎着一个大箱子来了，箱子里有一件给索尼娅的夹克，和维卡的一模一样，大小也合适。

刚才我在壁炉房的扶手椅上看到了她们。在草坪上，朝花园尽头的小溪走去。她们经过我这里时，我从窗户向她们挥手。现在她们在那里走着，身上的黄色夹克闪闪发光。

第3346次

我们开了一个关于健康的会议。关于牙齿、维生素和矿物质。是索尼娅在杯子里放了一张纸条，这次她成功了；或者说是放在袋子里，因为那是个袋子，但我们还是要这样说——我们在杯子里放了一张纸条。

索尼娅在纸条上写下了健康和疾病。我们谈到了我们的身体和我们对身体的影响，谈到了医院和预防。我们谈论了眼镜、隐形眼镜、眼科检查和急救课程，谈论了蛋白质和维生素D缺乏症。我们以前不是没谈过这个话题，但这次从袋子里拿出来的就是索尼娅的提议。

索尼娅就是我们的医疗系统，她从一开始就是。她是我们的救护车和护士，她是我们的营养师，她还是我们的理疗师，直到诺曼·恩瑟出现并接手这项工作。有人受伤时，她会找来抗生素和缝合线。她能做衣原体检测，还能治疗湿疹，她能检测过敏情况，还能检查脚趾骨折。她还可以治疗各种炎症和牙龈脓肿，不过她总是强调自己不是牙医。

有些工作她会交给急诊室、牙医或诺曼，诺曼会给我们提供简单治疗和基础药品，也许还会给我们包扎。但这还远远不够，他们已经开始一起寻找被困在11月18日的医生了，如果出了什么问题，我们就可以找他们看诊或者治疗了。我们人数越多，他们就越忙碌，有时人们从很远的地方带着问题来到这里，因为他们知道我们家里经常有医生。

建议被一一采纳时，索尼娅显然很惊讶。建议很多，屋子里的人也很多，多到玻璃温室里坐不下。玻璃温室里弥漫着柑橘树开花的香味。不光是花朵接连绽放，小果实也在慢慢长大，其中一个稍大的柠檬已经开始变黄。它就长在窗台上。契妮认为，颜色的变化得益于窗边空间的温差。

但今天我们在最大的客厅里开会。我们搬来了更多的椅子，找来了坐垫，坐在地上的地毯和墙边的床垫上，玻璃温室被当作休息室，我们也做好了准备——有保温瓶和咖啡杯，拉尔夫还带来了椒盐棍饼干。

索尼娅谈到了慢性病的预防，谈到了可能发生在我们身上的一切，谈到了还没有杀死我们的一切。她想教我们急救知识，并希望为那些特别感兴趣的人组织专门的课程。来自瓦尔伯努瓦的赫拉·冷立即报名参加，因为他们正在翻修自己的建筑。他们在脚手架上工作，他们要切割玻璃、焊接东西和使用曲线锯。受伤是常有的事。

索尼娅认为，我们需要为所有情况做好准备。我们需要更好地了解医疗系统。我们需要测试发生意外时该如何应对。她说，她也曾多次接触过医疗系统。因为所有事情都在同一天发生，这并不是一件容易的事。虽然有一些地方可以快速获得帮助，但她认为是时候仔细研究一下我们可以做的事情了。建立联络网，制订应急计划，并知道谁能在必要时为我们提供治疗。无论我们住在哪里，住在奥斯纳布吕克、列日和卢加诺；住在不来梅，但是她也有不在家的时候；住在里昂，那里现在也有一群人。呆站着不知道该去哪里是没有用的。

她说，我们不会变得更年轻，也不会变得更健康。我们有很多人，而且越来越多。最好的办法就是培养更多的医生。她认为，我们可以仔细研究一下各个医学院的教学情况，也许可以到各个地方去考察，然后制订一个教育计划。

她谈到了未来，这已经很清楚了。她看到我们在变老，她看到我们在18日变老。她说话的时候闪闪发光，她展望未来。我们人数会越来越多。我们会变老，有一天会需要帮助。但随后我们又回到了现实——课程、急救箱、药箱、值班表和任务分配。我们几个人都感到惊讶。会议上没有人说出来，但在玻璃温室休息时，在柑橘的香味中，手里拿着咖啡杯的几个人注意到了。她怎么会认为我们会永远被困在18日呢？这是她想要的吗？她是如何想象这件事情的？在18日生活，从现在开始，直到我们老去。她会想象我们住在这栋房子里吗？还是住在附近的房子里？一群满头白发的居民，满脸皱纹和斑点，患有某些生活方式的疾病，每天晨练，双手颤抖？她的这些想法从何而来？还是愿望？她的愿望从何而来？

拉尔夫点头同意了索尼娅的所有建议，至少是实际的解决方案。我觉得，当她谈到未来时他没听进去。她说得好像我们才是需要帮助的人。他认为这是一个共同的问题。拉尔夫说“共同”的时候，他想的不是我们，他想的是我们需要帮助的所有人。他认为这就是我们需要急救的原因。他自己的项目有点儿停滞不前，但有很多途径可以取得进展。事实上，他认为我们应该把对BeDaZy项目的一些思考融入关于健康的讨论中。也许我们应该删除我们选择的其他主题，认真对待他的项目。外面的世界需要我们的帮助。

现在，米莉·阿克莫尔站了起来。她同意拉尔夫的意见，认为我们应该删除下一个话题。不是因为她认为我们应该就他的项目进行长时间的讨论，而是她想告诉我们一些事情。这并不是对拉尔夫项目的批评。她只是想强调，我们才是这里的弱势群体，是终有一死的，是危险的，是终有一死并且具有危险性的。因为拉尔夫想拯救的那些人第二天早上醒来后都还活着，而我们没有理由假设同样的事情会发生在我们身上。我们是可以在18日死去的人，我们是会在18日变老的人，会在18日生病。她还说，我们才是能在18日夺走他人生命的人，而不是其他人。他们夺走他人生命，行动在夜里就会消失。而我们夺走生命，却无可挽回。

她认为索尼娅的项目必须放在首位，她不明白为什么要花这么长的时间来组织一次关于这个主题的会议。她也不明白为什么拉尔夫决定把他自己的项目也扯进来，但她只想说这些。至于为什么没有早点说出来，她有充分的理由——她遇到了危险，她生了病，她夺走了他人的生命。

事情发生在她被困的第749天。当时她还是一个人。那是一场事故，她在一辆汽车里，受害者是一个骑自行车的人，这不是骑自行车的人的错。事实上，这也不是她的错，事故非常突然。当时是傍晚，她正行驶在德国的一条乡间小路上。她说，是在勃兰登堡[①]。当时天色很暗，骑车人没有开车灯。但这是无论如何都会发生的事，因为她在事发前就已经看到了骑车人，她却来不及避开了。她突然感觉不舒服，一定是晕倒了，因为当她醒来时，她已经撞到了路边的一棵树上，也就是说，先是骑车人，然后是路边的一棵树。也许她曾试图避开，但她什么都不记得了。她没有能用的手机，什么也做不了。幸运的是，过了一会儿，一名驾驶员开车经过。那人叫来了救护车，但骑车人已经……她说，不，就这么说吧，第二天早上，骑车人并没有在床上醒来。她的汽车被撞毁，骑车人被送往医院。米莉并没有受伤，但是因为她什么都不记得了，而且她的头和脖子感觉很奇怪，所以她戴上了项圈，坐上了救护车。

我看得出来，索尼娅并不相信这个故事。她提出了抗议。不能给受伤的人戴上项圈，让他们坐在救护车里，更何况旁边还有一个已经过世的人。如果有人让她接受颈椎骨折的观察，那她根本就不应该坐起来。也不能让撞了人

---

① 德国东北部城市。

的人和死者一起坐在救护车里。即使是在勃兰登堡的一条荒无人烟的路上也不行。

米莉犹豫了一下。这是她记忆中的样子，但这并不重要。她想和我们分享这件事，以强调我们所处的危险境地。她并不是真的想告诉我们，或许现在还不想说，但她说，如果我们像索尼娅那样认为我们会在这里待很长时间，我们就必须把这个事实牢记在心——我们是传播死亡和毁灭的脆弱生物。

换句话说，我们不仅仅是蚕食我们世界的怪物——她意识到这是我们很多人都在思考的问题——我们还是能让别人彻底离开时间的怪物。我们比那些认为18日只是17日和19日之间的一天的人更危险，也更容易受到伤害，因为无论他们发生了什么，在夜晚结束时，他们都会再次醒来看到18日。只要他们没有不幸地遇到我们中的一员，或者说被我们波及。

还有我们自己。我们会死，对吧？毫无疑问，我们会死。在11月18日长途跋涉后慢慢地死去。如果我们不小心，就会突然死去，第二天早上醒不过来。她确信这一点。我们时刻处于危险之中，也时刻威胁着他人。关于我们创造一个更好的11月18日的机会，拉尔夫怎么想都行。

我们有机会在11月18日拯救身处险境的人，并帮助他们安全到达11月19日。原则上，她同意他所付出努力的重要性，但只要我们还不知道是否会有19日，我们的工作就必须专注于避免死亡和避免夺走他人的人生。就在此时此地，就在18日。

她认为我们应该继续开会，重点讨论索尼娅的项目，同时讨论如何避免伤害他人。BeDaZy项目的讨论不得不先放在一边，而第二个话题，不管我们抽到的第二个话题是什么，也不得不取消。

当然，我马上就说我要撤回我的讨论选题建议，因为我的选题——在我们二楼的平台上建立一个图书馆——已经从袋子里拿出来了。丹尼尔、玛丽斯和我已经画好了图纸并制订了计划，莎拉最近也加入了我们。不过，这件事可以缓一缓。我提议去克利希苏布瓦的房子里取一些书，不仅是因为我有时会怀念旧纸张的声音、书页的低语和过去的味道，还因为我觉得其他人可能会喜欢这些书。它们现在只是被放在书架上或盒子里，放在很远的某个房子里。也许还有一点原因是，这给了我一个回去的理由。偷偷溜进房子，在客房里坐一会儿，听一个人说话，也许能瞥见篱笆边的一个身影，一个湿漉漉的影子。

我可以被水管的声音吵醒，被屋顶上的雨声吵醒，趁托马斯不在的时候溜进办公室，装满一袋书，也许是一个手提箱，或两个，因为我知道我必须马上回家，回到不来梅，回到那个有我朋友的家。我没有说这些，我说图书馆的事可以再等等。

米莉的发言引发了长时间的讨论，因为我们的整个未来都已启动。许多人认为，不确定因素太多了，现在是我们更仔细地研究这一天的机制的时候了。不同的人对重复的每一天的观察究竟有多大把握，我们要明确一下。不同的经历是否存在相似之处，差异又有多大？米莉的描述是否准确？她的记忆是否正确？如果她记得没错，会有怎样的后果？

一些人认为我们应该系统地开展调查，记录报告。另一些人则认为，我们应该立即开始筹备一次会议，其唯一目的就是收集我们对18日现象的所有观察结果、所有解释和理论。契妮立即提出在她以前工作的会议中心组织这次会议，一天还没结束，会议的筹备工作就已经开始了。

转眼到了傍晚，椒盐棍饼干也吃完了。我们吃了一大堆茄子和西红柿做的馅饼，接着又吃了各种腌泡汁和拌菜中的芽苗菜，我们还讨论了我们已经能种出的芽苗菜和将来可能种出的芽苗菜，讨论了也许未来有一天能种出西红柿和茄子。最后我们带着饱腹感，带着一天讨论后的些许激动，带着对未来前景的些许不安，围坐在客厅里。有些人已经回到了自己的房子和旅馆，有些人已经在房子中的房间里睡觉，其他人则三五成群地坐在床垫和椅子上，还有几个人已经开始揉面和准备早餐。

我坐在壁炉房里，旁边坐着几位住客和一些旅行者——特里尼和芬恩，玛丽斯和安东，还有坐在拉尔夫旁边的米莉。米莉说，她想确保拉尔夫不会感到被排除在外或被拒绝，因为她并不反对他的项目。她想听到更多的信息。拉尔夫也想谈谈，谈谈他和米尔丝、莎拉一起见过的温室里的那群人。他对他们的蔬菜生产和重大事件收集工作都寄予厚望。他们中的一些人已经答应在他下次来的时候收集突发事件，他开始考虑是否应该去一次那里，以及这次要不要待得更久一些。恩奇·莫尔是温室那边的常住人员，有IT开发人员的背景，也许他们能一起推进拉尔夫的项目。另外，拉尔夫在进入工作场所，尤其是进入拥有最昂贵、最先进计算机的部门时遇到的问题，并没有随着时间的推移而减少。总之，他不得不多次求助，偶尔还有警卫用怀疑的眼光看他。现在，他正在考虑自己购买必要的机械硬件，并与他的西班牙同事一起组装起来。

赫拉·冷与索尼娅坐在一张沙发上，她想谈谈索尼娅建议的教育计划。坐在她周围的一个人说，也许他们应该把重点放在某些专业上，比如老年医学，因为从索尼娅那里可以看出，她认为这就是发展的方向——缓慢地走向衰老。

但后来索尼娅说她怀孕了，也许我们应该把精力放在儿科和产科上。我们应该研究一下我们的产科诊所和儿科医生。因为也许有了孩子，我们才能看到未来。彼得看着她，眉头微微一挑。他不是不知道，这是很显然的。但我觉得，他们可能约好了之后再公布这件事。

这是计划好的，孩子是计划好的。他们已经努力备孕很久了。这也不是索尼娅第一次怀孕了。也就是说，不是第一次验孕棒上出现了两条线。但就像索尼娅说的，其他几次妊娠都失败了，最后什么都没有。

客厅里变得很安静。先是坐得最近的人，然后是坐得稍远的人，大家互相对对方比出“嘘”的手势。我看到坐在离门最近的几个来访者一直在窃窃私语，直到其中一个人起身走了出去，可能是去告诉其他房间里的朋友，因为过了一会儿，人们开始走进壁炉房，好像这只是凑巧。

这一次，她能感觉到，能感觉到生命。她说，就像肚子里的一个小气泡，或一颗会动的棉花糖。也许是一条鱼，是一个小小的涌浪。他们还去做了检查，发现有一个婴儿。从超声波来看，是个非常正常的婴儿。彼得告诉我们，他们几天前做了检查。我们还以为他们为会议采购东西去了。他们也去采购了，但也因为他们在几小时车程外找到了一家诊所，可以不用预约就能进行检查，所以购物之行掩盖了他们的秘密，但现在这已经不再是秘密了。

对话里充斥着祝贺和提问，而提问内容的技术性也越来越强。因为这怎么可能呢？未出生的人遵循什么时间规律？或是新生儿？索尼娅说她不知道。她说，他们只是想要一个孩子，至于其他所有问题，她都尽量平静地回答，尽管很多问题都无法回答。

天色已晚，客厅里却弥漫着不安的气氛。我看了看亨利，我就知道这勾起了他的回忆。他的儿子曾经也是两条蓝线和一颗棉花糖，或是一条鱼，或是小小的涌浪。他现在更强烈地感受到了距离的存在。失去，想念。但后来他开始谈论如何帮助孩子来到这个世界。当他的儿子来到这个世界的时候，他谈到了呼吸和准备工作，以及一路上要做的所有事情。他在跟彼得说话，但后来他停了下来。他说，他们可以稍后再谈，就在这时，奥尔加走了过来，坐了下来。她一直在外面散步，一定要听听发生了什么事，因为她立刻就能感觉到自己错过了什么。

我们都累了。大多数人早就开始陆续回房间休息了。我自己也很累，但还没有累到要起身回我的房间，因为已经有客人在里面睡觉了。醒着的人已经慢慢聚集到壁炉房里，而我一直坐在窗边看着窗外。也就是说，我在看着黑漆漆的窗玻璃，上面有壁炉房的倒影和还醒着的一小群人。

奥尔加说，塔拉坐在黑暗中，还在想着图书馆的事情。我不知道该说什么，只好让她认为她是对的。但我想的不是图书馆，我想的是孩子们。

第3411次

我跟不上日子的脚步，它们从我手中溜走，消失在来访者和实际琐事的云雾中。我跟不上人群的数量。我们有多少人？我们数了数，总是比我们想象的要多几个。

我们正在清空这片区域，这就是我们的问题；或者说，这就是我们未来的问题。问题不在于房子的大小或床垫的多少，因为房子已经够多了。有旅馆和公寓，有足够的地方可以住，但我们找不到足够的时令产品了。我们有芽苗菜和小土豆，但吃不饱。我们试过在窗台上种莴苣，但进展缓慢。有几个人说过要去南方种菜，但结果并不令人信服，至少现在还没有。

现在，我们已经开始用完所有本该留给未来、留给19日的东西，如果有19日的话。越来越多的人开始谈论搬走的事。索尼娅和彼得去了南方，他们需要阳光和光明，他们需要宁静，不过他们过得很好。我们一直保持联系，尤其是安东。他和海伦娜·伊巴特去意大利的某个地方拜访过他们，他们还带了些补给品回来——成熟的西红柿、茄子、西葫芦和柠檬，诸如此类的东西。海伦娜和安东在回来的路上还买了几箱奶酪。

吉塔和她那一行人认为，我们都应该去瓦尔伯努瓦。我们可以翻新更多的建筑，我们可以在那里举行会议；或者，我们可以住在那里。翻新工程正在进行中，届时将有更多的空间可供使用。

另一群人住在卢加诺湖边。他们那边的天气非常宜人，是宁静的晴天。很多人都喜欢11月份去卢加诺，在那里享受温暖。奥尔加和罗西曾经拜访过那里，但他们不知道那里能否容纳更多的人。也许我们可以自己种菜，但这需要温室和朝南的斜坡，谁也不知道这是否可行。

目前，我们必须从外面获得补给，因为还没有准备好离开不来梅的人有很多。我们要准备一个会议，一个关于时间机制的会议，或者称为大会，因为会议将在查尼斯会展中心举行。晚上，我们坐在客厅里，讨论时间和我们各种各样的反思，讨论我们在时间突然断裂时所想到的一切，讨论我们大多数人试图解释的一切。我们很孤独，因为没有人与我们分享，或者我们与某个在夜里忘记了一切的人分享。

但现在，我们人数很多，而且都能记得。我们已经习惯了18日的时光，但我们还记得最初的喧嚣。我记得与托马斯一起调查研究的日子，记得我们从各个方向进行的探索，记得我们的论文和反驳，记得我们的死胡同和所有记录，记得我们的模型、观察和概念。

当我们把所有的想法呈现出来时，就好像给人们的头脑注入了新的生命。这里有最为奇特的解释——科学的和哲学的，诗意的和气象学的，心理学和生理学的，或是显而易见的，或是晦涩难懂的，或是简单明了的，或是错综复杂的。这些最终导致了循环、旋转木马和眩晕感的出现，或自相矛盾，或纯属断言，而又不得不欣然接受。

这是一个愉快的夜晚。我们谈论困惑和事实，谈论悖论和微弱的洞察力。我们不甘心，认为总有一天会豁然开朗，日子会一天天过去。而事实也的确如此，日子一天天过去了，奇怪的事情变得普通而常见。我们的好奇心一度退却，保持沉默，但现在它又出现了，跑进了我们的谈话中，跑进了满是理论和观察、争论和反驳、冗长的解释和抽离的思考的房间里。我们走进胡同和阴暗的角落，沿着灯光奇异的林荫道、点着彩灯的小路或蜿蜒的公园小径讨论或者闲聊。我们都知道，11月18日可能是一个无法解释的日子，但我们中的许多人都期待着我们的聚会，我们讨论着，思考着。常常有人会笑出声来。

第3446次

我们召开了一次关于如何解释时间机制的会议。会议持续了两天，我们举行了联席会议和小组会议，我们看了会议室大屏幕上播放的演示文稿、图纸和图表，我们讨论了分类和模型。今晚我们坐在客厅里进一步讨论了那些各种各样的解释。我们试图揭示裂缝在哪里，时间在何处断裂。大家有各种各样的想法，关于17日发生了什么，18日发生了什么，是否会有11月19日。所有徒劳的尝试，都是为了找到一个通道，一扇通向前进时代的敞开的大门。

是契妮安排了这个地方。最近，她隔三岔五就去上班，确保我们在会展中心有一席之地，并为可能出现的困难做准备。她剪了头发，看起来就像同事们以前认识的那个契妮。她还配了一副眼镜，这样任何变化都可以归因于这副眼镜。同事们到来时，她告诉他们发生了一个误会——她在一段时间前收到了一个会议请求，但沟通过程中出了点问题，客户有段时间一直没有回复消息，但又突然出现，并表示仍然想举办这次会议。客户愿意支付任何费用来促成这次快速会议，一切都已准备就绪，无须安排住宿或餐饮，需要的只是几个房间。

经过契妮的努力，我们取得了成功。小组会议室已经准备就绪，11点钟大家在大会议厅集合。大家在会议前几天就已抵达不来梅，许多人都参与了筹备工作，不来梅的一行人负责提供食宿。奥斯纳布吕克一行人里的特里尼和阿德里亚诺一起收集和整理了会议材料，其他各组也分别承担了其他任务。

在昨天上午的介绍环节，很多人都有些犹豫，大多数人都不知道这一切将如何进行。人们已经习惯了小型会议，一些小组也举行过自己的会议，许多来参加会议的人也习惯了我们或多或少的随意讨论。但昨天一天下来，人们的情绪高涨起来，大家在小组讨论室里讨论，一起喝咖啡休息，回来后继续讨论。一种轻微的兴奋感和新的热情蔓延开来。

我也不太清楚是什么原因。吉塔认为，这是因为我们终于可以从事一些日常工作以外的事情，而不是进行装修、规划、餐饮和各种社会活动。她说，也许是我们的大脑突然有了新的营养，也许是我们的求知欲已经沉睡太久了。这是她自己的感受。也许她是对的，因为今天人们踊跃参加了主会场的演讲，一个接一个的小组介绍了他们的解释和理论。

在讨论中，有人认为时间停滞是一种意识现象。我们的大脑就是解释本身吗？我们是否受到大脑缺陷或意识缺失的影响？11月18日的停滞是不是某种幻觉，是我们大脑局部出现的东西？是不是我们对现实的感知受到了损害，导致11月的某一天在我们的记忆中停留，变成了11月18日的加倍再加倍？

还是其他人的意识出了问题，每天早上醒来都以为这一天还是18日？这个解释最初被很多人接受。讨论这个问题的那个小组不得不分到两个不同的房间，因为人数太多，一个房间容不下。因为也许这不是我们的大脑出了问题，也许因为除了我们之外，每个人都缺失了记忆，是一种会在夜间启动的删除机制。一种认知缺陷，一个把18日发生的所有事情都拖入遗忘的黑洞，一个黑夜中的裂缝，一个消失的机制。

类似这样的提案层出不穷。有人认为是我们的幻觉，有人认为是那些不认为自己停留在18日的人的缺陷。当然，反驳的理由和那些理论同样令人信服，形式也同样多种多样，因为如果我们的11月18日是一种幻觉，我们的身体怎么可能跟得上呢？这根本无法解释我们为何会产生共同的幻觉，或者我们的缺陷意识如何让我们产生对彼此的想象。我们会幻想到同样的人、同样的句子和动作吗？这一切怎么可能是纯粹的幻想？

如果错的是其他人，如果是我们体验到了世界的本来面目，而那些因缺陷而导致大脑抹去了18日记忆的人，为什么他们的身体也跟着被抹去了记忆？生物学规律怎么会停止发挥作用，以至于他们的经历和身体里的痕迹以及他们的所有行为都消失了呢？这是怎么发生的？为什么就在我们进入18日的时候出现了这种缺陷？

其他小组一直专注于多重宇宙，并就此提出不同的想法。也许是因为我们已经进入了众多的11月18日。这是一个我们以前从未进入过的真实世界，我们被放了进来，门却在我们身后砰地关上了。

或许我们已经分道扬镳。也许我们会在其他地方发现不同版本的自己，也许是多个副本。我们是否同时在所有可能的11月18日里走来走去，却以为自己一次只在一个版本里出现？也许我们已经停在了那些可能的11月18日的棱镜中？或者，我们早已不知不觉地进入了11月19日？还是其他人？也许其他人都在时间的长河中前行，也许我们的朋友、爱人和家人都在比我们晚十年的版本中的某个地方？也许我们自己就在那里？也许那只是我们遗留在18日的一个副本？

其他人则关心这一切是如何发生的。我们是如何进入18日的？如果有入口和出口的话，它们分别在哪里？谁拿到了这趟旅行的门票？任何人都行，还是只有我们？有很多人都有过这段旅行吗？在11月18日？还是其他日子？是每个人都会遇到的事情吗？重复某一天的旅行？有人回来过吗？

其中一个小组坚持认为，我们的18日之旅可能发生在任何人身上。很多人都有过这种情况，但都忘了。也许不是在18日，也许是在其他各种日期。这在大厅里引起了长时间的讨论，因为，举例来说，如果契妮接待处的同事已经经历过这次旅行，如果弗劳克——这是她的名字——在两年前的一个三月天被困，如果她经历了700多次3月14日，如果她变得越来越老，然后又回来了。但是怎么发生的呢？总之，如此一来一定会有回来的路，一定会有越走越年轻的路。大家都被这个关于弗劳克的论点逗笑了，主持人阿德里亚诺不得不中止这个讨论，要求我们稍后再继续，否则就没有时间完成所有发言了。他还认为，用一个离会议室几米远的人做例子是不礼貌的，尽管门是关着的。

有些理论比其他理论更值得注意和天马行空，但人们对各种解释的兴趣总是超出想象。许多理论都有图表、模型和计算作为佐证，有些理论得到哲学体系或科学文章的支持，有些理论则得到古代片段或诗人、神秘主义者的引文的支持。

罗西和玛丽斯认为时间停滞是一种席卷11月18日的“微下击暴流”，并且以这个想法为基础开展研究。玛丽斯认为，这种解释与她在学习期间研究过的一些希腊思想是一致的。她认为这值得进一步研究，但她们小组还没有走到那一步，因为目前只专注于收集实例。皮娅·卡尔列维奇确信，从讷韦尔城堡飞起的那只鹤影响了时间的停滞。她认为鹤翼的扇动就是罗西微下击暴流的一个例子。在会议厅的发言中，她们列举了一长串从我们对18日事件的描述中收集到的例子。我在利松酒店吃早餐时掉落的面包片就是其中之一。

另一个小组一直在研究一个从地震学角度出发的解释，即11月18日那天地壳发生了特别震动。曾在日本一家地震研究所做博士后的尼尔马拉·霍尔斯特观察到了一些难以解释的地震异常现象。11月18日晚上，她在处理清晨的数据时注意到了一个波动，表明在太平洋地区的某个地方发生了中型地震。这是一个很短的序列，尼尔马拉把它打印出来放在一边，以便与同事们讨论这一事件，但没有进一步的异常迹象。第二天早上又变成11月18日——

当然是对尼尔马拉·霍尔斯特来说，而不是对她的同事们来说——却再也测不到地震了。测量结果没有异常，这一切要么是误差，要么是正常时间之外的特殊事件。尼尔马拉保存了她的打印件，她也不知道为什么，但第二天这份打印件就成了怪事的唯一具体表现。她也一直没有找到合理的解释。

海伦娜·伊巴特对她在巴斯海峡涌浪中的经历记忆犹新，无法抹去。她立即在这个小组找到了归属感，因为尽管她的经历不是发生在18日，但许多人相信其中可能存在联系。

在整个过程中，一些人指出我们的研究缺乏理论基础，如果不全面了解过去的理论——从古希腊到21世纪的理论——构建我们的理论和解释将是徒劳的尝试。难道我们不应该在开始幻想之前先把基础打好吗？还有人认为，有负众望的正是过去的时间理论，这些理论几乎都是某些人提出来的，或者更进一步说，几乎都是西方某些人提出来的理论。

我们的停滞时间、循环时间或空间时间与会前进的时间理论有什么关系？我们能从中学到什么？难道我们不应该把被忽视的时间概念考虑进来吗？把史前的、神秘的、非西方的或女性对时间的思考包括进来吗?

我所在的小组还没有达到可以展示我们研究成果的阶段，因为我们的任务是对不同的理论进行总结和分类。我一直在思考托马斯和我在一起时研究过的许多不同的时间理论。在我看来，我们遇到过许多不同的观点，或多或少都有些晦涩难懂，因此我们应该尝试对不同的类型和方向进行概述。我曾考虑过从克利希苏布瓦那里取回遗落已久的资料，但我没有时间这样做。此外，大部分人都答应丹尼尔去帮忙，他昨天负责做晚餐，所以我们不得不提前离开。

在我们的发言中，有一个议题多次出现，那就是关于我们举办会议的目的的议题。我们举办会议的初衷是什么?是为了了解时间，还是为了摆脱重复的一天?也许这两个问题有关联，也许没有关联。无论如何，在会议结束时，大家达成了广泛的共识，即我们应该继续进行调查，即使有些与会者不同意。我们不能就这样本本分分地生活在这个世界吗?我们以前就是这样做的。我们曾生活在一个进步的时代，我们知道每天都是新的和不可预测的。这个世界在不断变化，尽头就是生命的消逝，那些夏天就这样消失了，天气预报也不准确。所有这一切，我们都已经接受并习惯了。那时，有多少人参加过有关时间变化的会议和小组会议？没有多少人。难道我们就不能满足于生活在一个不断重复的11月18日吗？

幸运的是，没多久会议就结束了。对于我们想进一步讨论的问题，我们约好可以另行举行会议。契妮说，顺便提一下，弗劳克还要去幼儿园接孩子。没过多久，我们就三三两两地离开了会展中心，几乎所有人都带着愉快和热情，大多数人在离开时都向接待处的弗劳克友好地点点头。

在一天快要结束时，发生了一件让我们几个人都很难过的事。我们一直期待着索尼娅和彼得的出现，也许我们中的一些人一直期待着，期待看到明显要临产的索尼娅——她的肚子、她的喜悦、一件变得太紧的黄色夹克，或者我们想象的任何东西。因为我们不时收到关于她状况的报告，一切似乎都在按部就班地进行着。

但我们也只能是想象了，因为他们失去了自己的孩子。安东来传话，听起来就是这样。这不是一次妊娠的终止。这不是死胎、流产①或死产②，也不是人们在谈论时所

① 原文为英语，misbirth和miscarriage。

② 原文为英语，stillbirth。

说的其他什么。安东说，那是一个孩子，一个小生命。以这样的方式告诉我们，是他们所希望的。没有人能解释为什么会发生这样的事。那只是一个没有来到11月18日的小人儿。是我们中的一个人死了，或者一定是这样，虽然没人知道这个孩子是否在两种时间的边缘游走过。没人能告诉我们任何事情，除了这是我们在11月18日失去的第一条生命。米莉说，如果算上被我们夺去生命的，那就是第二条了。

今晚我们并没有过多地讨论失去的孩子的事情，因为我们知道这件事的时候已经很晚了，大多数人都睡了。但今天有几个人认为，我们的研究应该把这件事考虑在内。我们需要寻找一个理论，来解释未出生的孩子在18日发生了什么。

我们回到家中时已是傍晚时分。有些人要乘火车离开不来梅，我们已经向他们道别，但我们中的许多人还聚在一起，继续讨论许多解释和理论。直到晚上，人们才陆续离开，虽然疲惫不堪，却异常清醒。

现在我坐在厨房里，因为只有这里没有客人。沙发上坐着一些人，壁炉房的窗边或玻璃温室的桌下有几个人睡在睡袋里。我关上了厨房的门。我拿着文件坐在桌边，尽管餐桌上堆满了盘子和杯子，但我没有去管它们，因为我们人很多，总会有人收拾整理的。我知道我的记录没有必要，因为我们人很多，总会有人记得的。有人记笔记，有人做会议记录，我们已经收集了材料并存档，但我还是要写东西。这不是因为我害怕有什么东西会消失，也不是因为纸张是我唯一的知己和唯一的见证人，因为房子里到处都是见证人。

但我写道，房子里有很多人。到处都是人。我并不孤单，我们的人数越来越多，我们不停地交谈。我们借用彼此的思想和动作，借用悲伤和热情，借用幻想和抽象，借用我们大脑中的圆圈、线条和奇怪的交叉连接。我们相互渗透，几乎不可能知道一个人在哪里结束，另一个人在哪里开始，即使有人认为这是可以看到的。

也许这就是我写作的原因，也许这是我独处的方式。也许纸张是我走出杂乱的一扇门，是我在各种思绪和声音中找到自己的方式。一个人坐在纸旁，拿着笔，知道除了塔拉的手在纸上轻轻划过，什么都没有。我把声音和动作，想法和解释，我们分享的一切都聚集在手中。我们是许多人，我们是一个群体，一群人，一个奇怪的聚会，然而——我的手在一个简单的动作中，将一切渗入我的句子，渗入我的手，我将自己写成一条微妙的路径，一个句子，又是一个句子。我向前走，悄悄地，静静地。独自一人。

第3592次

拉尔夫曾被锁在工作场所外面。这种情况已经发生过好几次了，每次都是因为出现了技术问题。这并不是什么新鲜事，而且通常他都会被放行。这一次，他用自己的卡和指纹打开了门，但门卫得到命令，要将任何前往他所在部门的人拒之门外。部门里的一些设备失窃了，一些设备不见了，怀疑是某种网络间谍活动，警察已经到了，今天所有人都必须在家工作。他应该已经接到通知了，但他可能没有看到。

拉尔夫知道是什么东西不见了，因为他拿走了一些必要的设备，也就是说，他把这些设备打包好，声称要拿去修理。他把这些设备都搬到车上时，旁人相信了他的话。他急着要把这些设备送走，他等不了那么久，所以没有选择常见的物流运输。他自己把这些设备运到了西班牙，交给了那边的小组，但那已经是很久以前的事了。他说，奇怪的是现在才有人发现。拉尔夫前一天去过他的办公室，他不确定自己是否留下了任何线索。他有一个文件夹很可疑，因为前一天他还带着BeDaZy项目试用版的所有笔记，事实上，该项目几乎就要上线了，但现在他的文件夹不见了。

拉尔夫认为，正是这个文件夹引起了同事们的注意。他把它放在了设备失踪的房间里，有人发现了它，感到奇怪并意识到设备不见了。果然，当拉尔夫打电话询问设备失踪的问题时，他的一位同事提到了文件夹。没有人把他和文件夹联系起来，最后警察把它带走了。

第二天早上，拉尔夫特地早早就到了单位。现在文件夹又回来了，就放在房间里消失的设备留下的空位上。他急忙把它装进包里，在同事们到达之前离开了办公室。现在他已经走了，但不只是拉尔夫，奥尔加也跟他一起走了。我不知道他们会离开多久，但他们今天走了，我感觉要很久才能再见到他们。

今晚，我们坐在壁炉房里时盖着毛毯和毛衣，因为我们没有生火。现在越来越难买到木柴了，虽然我们已经努力在很多供应商那里下了订单，虽然我们偶尔也会从远处运来木柴，但我们只有在特殊场合才会点火。

其实，拉尔夫和奥尔加的离开应该算是一个特殊场合，但那是奥尔加坚持要跟去的。他们的离开并没有什么特别之处，只是到了晚上比较晚的时候，奥尔加起了床，我以为她要去晚间散步，她却让我跟着她，不是大晚上到外面，而是到她的房间，在那里她拿出睡袋递给我。我问她我该怎么处理这个，这个可能有，也可能没有盐水和弗里西亚群岛味道的睡袋。她告诉我，我得自己想办法。现在我必须对这个睡袋负责，然后她和拉尔夫会在南下的途中到杜塞尔多夫取我的望远镜。她期待着晴空万里的日子，还有深夜。她确信在西班牙的夜空中一定能看到星星。

现在我有了睡袋，但奥尔加已经不在这里了。今天早上，他们从铁艺栅栏门开车出去时，我向他们挥了挥手。汽车拐上公路时，我走到栅栏门前又挥了挥手。车子已经不见了，我就在空荡荡的空中挥了一下手。

我想起了奥尔加在克利希苏布瓦敲窗户的那天。我把她当成了一只鸟，但她不是鸟。11月18日我交了一个女性朋友。我把托马斯留在了克利希苏布瓦。

在18日，我们有很多人了。我回到房子里，房子里会有人，亨利和玛丽斯坐在玻璃温室的桌子旁，丹尼尔和契妮烤了圆面包，还顺便给了拉尔夫和奥尔加一袋子，让他们路上吃。人是够多了，但挥手告别的感觉还是很奇怪，真的很奇怪。

第*3637*次

但他突然打来电话，是托马斯。我再写一遍，是托马斯打来的，在今天晚上。也就是说，我的电话响了，我接了，电话里是托马斯的声音，虽然我花了一点儿时间才认出他的声音，但我很快就确定是他。现在我在开往克利希苏布瓦的火车上，我仍然不明白发生了什么事。

他说，他知道出了问题，时间的问题，所以他才打电话来。其实他只是想等我回来再说。他说，等我明天回来，但他开始担心了。他想听听我的声音，他说我听起来不一样了，不过没太不一样。我也对他说了同样的话，因为他的声音听着有些不同。虽然没有太大变化，但足以让我片刻间陷入怀疑。

我不知道自己是否被吓到了。听到他的声音，我坐在床上，因为我的腿开始颤抖。但一坐下来，我的身体就平静下来了。只是我的大脑东转西转，试图弄明白发生了什么。我坐在床上，努力将对话进行下去，同时我的大脑仿佛在搜索所有可能的解释，设想无数可能或不可能的情况。

听起来他好像在和谁聊过了。托马斯，我已经有十八九个“百日”没见过他了。现在，不知道什么原因，他打破了他的模式，给我打了个电话。尽管人一旦陷入一种模式，就不会突然给我打电话。但他还是给我打了电话，也许不只是给我打了电话，因为稍后他提到了菲利普和玛丽，所以有那么一瞬间，我以为他和他们聊过，并且发生了什么事，他们可能还记得我的来访。但稍后又听起来好像他所知道的是他读过的一些东西，这就更有意义了，至少我仔细想想是这样。他说，他去过备用房间，当时有些不对劲，他注意到角落里有一个电热水壶，床底下有一盒罐头。窗边的桌子上有几张纸，是关于11月18日的。他不知道我在写什么，他还没读到很靠后的内容就不得不打电话来。他想确定我明天会回家，也就是19日，或者是18日，他也不知道了。我们可以说明天是18日，但他想让我回家。

我说，我会的。我当时脑子一片空白，根本无法开始解释发生了什么，也不可能给他一个连贯的情况描述，所以我只是回答说一切都很好，并保证我很快就会回来。我知道自己听起来很困惑，但他自己说的话似乎也不太连贯，过了一会儿，我才意识到他在读什么。起初我还心存疑虑，但后来我们结束了谈话，我坐在床上，耳边没有托马斯的声音时，我想起了在克利希苏布瓦最后一天的细节——我向奥尔加道别，带着我的补给箱回到客房，我把包收拾得像要去执行任务且需要紧急口粮一样，我合上了包，把箱子和剩下的补给品一起推到了床下。我整理了一下房间，在桌子上放了一沓文件，是我11月18日的记录打印件。也就是说，这只是一份复印件，而且只是我离开杜塞尔多夫之前的记录，因为我把关于在克利希苏布瓦的笔记也带走了。我记得我在上面放了一小沓白纸，但我不知道为什么要把我的记录藏起来，因为托马斯不会打破他的模式，他本该一整天都不会走进客房。

但他做到了。他打破了自己的模式，进了客房。我不知道是怎么回事。一定有什么变故，可能是一个断裂，一个裂缝，一个推力。有什么东西把他送进了客房。他一定是绊倒在他的模式里了。然后他一定会找到我的记录，然后读完它们，或者开始读它们。

和托马斯谈话时，我想我应该记住"绊倒"[1]这个词，以便下次我们在这所房子里，也就是在不来梅的房子里，谈论寻找描述时间问题的词语时使用。也许我应该在下次会议上提出这样的建议——我们干脆把我们的事件称为"绊脚石"[2]，但后来我意识到，我自己可能也绊了一跤，因为我现在想到，我可能在手机联系人中"绊倒"了一个字母。也许我那天早些时候不小心拨错了托马斯的电话。这就说得通了，因为我给好几个人打过电话，先是玛丽斯，她在城里，建议我们见个面，后来是艾卡特里尼，也就是特里尼，她的名字列在字母T下。也许这就是她没有回电话的原因，我想。也许是托马斯的手机接到了电话，而唯一发生的事情，唯一的绊脚石，就是我打给特里尼，也就是打给托马斯的电话。但这并不能解释他为什么会在模式里绊倒并走进客房。也许他给我打电话没打通，然后给菲利普和玛丽打电话，问我是否在他们那儿。

---

① 原文为英语，stumble。

② 原文为英语，the stumble。

我不知道自己是如何一边胡思乱想，一边和托马斯继续通话的，但我确实做到了。直到通话结束，我才意识到，我没有误打了托马斯的电话，因为我的手机里没有他的电话号码。旧手机里有他的电话号码，但新手机里没有，新手机是很久以前在克利希苏布瓦买的，当时我需要给亨利打电话。从来就没有必要添加托马斯的电话号码。我不需要给他打电话，况且我对这个号码了如指掌，因为这是我们公司的号码。从我认识他起，他就一直用这个电话号码。

我也不知道，不知道我是否还会发现自己在讨论这些问题，讨论我们应该如何称呼我们的磕磕绊绊，讨论我们在重复中略显蹒跚的堕落。我什么时候才能再和我的朋友们在家里谈论18日的词语呢？我不知道我是否还会回到不来梅，因为我感觉我的世界又一次被震撼了，我不知道即将发生什么。我想念解释。我想念电话里的解释，想念托马斯到客房来，但现在我只知道我在火车上，我在去克利希苏布瓦的路上，我必须在科隆转车。

与托马斯的谈话并没有持续太久。在听完他略带困惑的解释后，我试图自己找出一个模糊但又简单的解释——时间出了问题，并且我很快就会回到他身边，而我的思绪却飘到了其他各种地方。之后，我们叽里咕噜地说了些期待见面之类的话，他问我什么时候回家。但后来他开始说起火车从巴黎出发的时间，我又一次不确定了，不确定他究竟以为我在哪里。于是我说了些不着边际的话，结束了谈话。

我不知道托马斯晚上是否读了我写的关于18日的故事，但我知道我在房间里走来走去，心里有一种莫名的不安。我在看火车时刻表，收拾行李，但出于某种原因，也许是因为我不太明白发生了什么，也许是因为我被一种奇怪的希望击中了，所以我没有对屋子里的其他人说什么。因为，如果在这混乱之中，我无意中发现了离开18日的一条通道呢？更重要的是，如果只有我一个人呢？如果我不得不把我的朋友们留在18日，而我自己回去呢？这是我不愿意去想的。

但今早醒来时，还是18日。我醒得很早。也就是说，我睡的时间不多，睡得不安稳，也没休息好，只是一直在忙碌并感到焦躁。我想找一条裙子穿着去见托马斯，但没有合适的衣服。最后我穿上了索尼娅缝制的一条裙子，用的是我们之前收集的旧上衣、连衣裙和衬衫的布料。将不同颜色的布料缝在一起，成了一条长裙。再配上我在旧货店买的一件上衣和一件大号的羊毛衫，我觉得自己差不多早上就能出门了。

我去厨房里拿了一些面包放进包里，因为我还不饿，但也许过不了多久就会饿了。灶台上方的柜子里放着有缺口的杯子，里面装着菲利普·莫雷尔店里的古罗马硬币，还有一张纸条，上面写着我们下次会议的主题建议。这张纸条一定是被某个人放进杯子里的，他已经把我们会议结构的改变忘得一干二净了。我把硬币从杯子里倒出来，放进包前面的口袋里。6点15分，我轻轻敲响了亨利的房门。他当时肯定已经醒了，因为仅仅过了几秒钟他就打开了门，疑惑地看着我的包和我不常穿的大毛衣。

我告诉他发生了什么事，说托马斯打来电话，我必须找出原因。我“磕磕绊绊地”[1]说着，说托马斯一定是在他的模式中遇到了磕绊，说他知道日子失去了秩序。我说我答应他要回克利希苏布瓦。

我们站在房门口聊了一会儿。很小声，以免吵醒其他人。他想知道更多，但我告诉他我知道的也不多。他建议我们先去厨房喝杯咖啡，但我说我得走了。我让他代我向

① 原文为英语，stumbled。

其他人问好，我得早点离开。我们说话的时候，他已经穿上了睡衣。他让我等一会儿。他说，他至少会送我下去，我们有些事要谈。但我已经准备要走了，我说，东西都收拾好了。我走近一步，他也走近一步，我们站在房门口尴尬地拥抱告别。他告诉我发生了什么事再给他打电话。我说，我会的。我们就这样站着。

下楼后，我穿上鞋，从走廊里借了一件大衣，因为我穿的那件大毛衣在外套里穿不下。我想那件大衣是安东·亚纳斯的——一件灰色大衣，扣子中等大小——但安东现在不在这里，他在奥尔加和拉尔夫离开之后不久也离开了，我想他应该在波兰。

突然，我停住了脚步，因为我想起了克利希苏布瓦的雨。我再次脱掉鞋子，蹑手蹑脚地回到房间，找到一双比我的鞋子更适合雨天穿的短靴，找到一把放在衣柜后面的雨伞，还在房间的角落里发现了奥尔加放在箱子里的睡袋，我把它带上，然后带着所有东西悄悄下楼。

在走廊里，我穿上靴子，把雨伞放进包里，走出了家门。天气很冷，我一只手扣着大衣的扣子，一只手挎着包，手里拿着奥尔加的睡袋，向栅栏门走去。

路上车不多，我想步行前往市区。我走过一个公共汽车站，没有停留，因为一旦走出家门，我就不着急了。

在火车站，我买了一杯咖啡和一张车票，不久就登上了开往科隆的火车，从科隆我还得去里尔，然后去克利希苏布瓦，去找托马斯，也许还得听他解释，因为我不明白到底发生了什么。我端着咖啡杯、拎着行李，边走边看，找到了靠窗的座位，现在我和其他乘客坐在一起。在火车上的感觉很陌生，但也有点儿像在家里——所有的动作都很容易辨认，人们提着包，穿着大衣，围着围巾。一想到托马斯，我就感到焦虑不安；一想到我在18日的朋友们，我就感到难过，因为我不知道什么时候才能再见到他们。

不久前，一位售票员走了过来。她在车厢门口站了一会儿，几个乘客发现了她，开始拿出车票。先是坐在离门最近的一位，然后是下一位，模仿着前者的动作——看一眼售票员，然后从包里拿出车票。越来越多的人跟着做了这个动作，同一个动作在车厢里传递着。我也做了同样的动作，我找出了我的车票，但她不是来查我的票的。因为现在她在车厢里走着，发出咔嗒咔嗒的声音。她是售票员或乘客计数员，或其他什么职位。她手里拿着一个小装置，每数一个人就按一下，然后我们就能听到咔嗒一声，她就这样咔嗒咔嗒地穿过车厢。然后我们坐在那里，一群人，一伙人，一群刚刚被清点过的人。我们是同一群人中的一个单位，被这咔嗒声吸引到这个群体中，这个群体一路上越来越壮大，直到她走到车厢的尽头；或者如果再发挥一下想象力，直到这趟火车的尽头。

我有了一个新的子集，可以在此生活。火车在不来梅和科隆之间行驶，火车上有一个人，这就是我。不是一个被困在11月18日的人。也就是说，我仍然是这群人中的一员，但现在我也是另一种类别的人，是一个乘客。一台装置发出了咔嗒咔嗒的声音，我就与这些人联系在了一起。车窗外，我们即将进入下一个车站，这里有另一种类别的人——站台上的人。进入这里时，他们就成为我们人群的一部分。现在有人站起来，走出这个类别，加入站台上的人群中。离开，进入。众多群体，自己都可以成为其中的一部分。现在列车驶出站台，穿过风景区，人们正在找座位安顿下来。

我们是谁？我们属于彼此吗？我们有前进的方向吗？我们有共同点吗？是否还有其他人正在与失散多年的爱人相会的路上？为了分离太久的两个人能够再续前缘的路上？这就是我前进的方向吗？

我不知道，但我们已经在路上了。我看着窗外的景色，外面变得有点儿暗，好像要下雨了。车厢里的灯亮了起来，我看着窗外，雨噼里啪啦地下起来了。

对塔拉·塞尔特而言，每天早晨醒来，都是重复的一天——她被困在了11月18日，一天又一天，一年又一年……